教你讀
唐代傳奇　三水小牘

劉瑛——著

導讀

一、三水小牘其書

《三水小牘》一書，兩《唐書》均未著錄。宋代陳振孫《直齋書錄解題》卷十一〈小說類〉載：

《三水小牘》三卷，唐皇甫枚遵美撰。天祐中人。三水者、安定屬邑也。

《宋史》卷二百六〈藝文、五、小說類〉列：

皇甫枚：《三水小牘》二卷。

未著說明。《宋史》元脫脫等撰。似乎三卷的《三水小牘》到了元朝，三卷只餘下兩卷了。到了明代，楊儀有二卷本的《三水小牘》。姚咨於嘉靖甲寅（西元一五五四年）從楊本寫抄。後十一年己丑（一五六五年），秦汴據以刻木。《天一閣書目》所載二卷本，即是此書。清代乾隆年（一七三六至一七九五）間，盧文弨刻入《抱經堂叢書》。近人繆荃孫復據盧本，而校以《太平廣記》、《續談助》、《說郛》、《說海》諸書，加上所輯逸文十二條，刊入《雲自在龕叢書》。都是二卷本。

我們從《太平廣記》、商務《舊小說》和世界本《唐人傳奇小說》諸書，共輯得《三水小牘》的文字共三十八篇。其中，《廣記》三十四篇。《唐人傳奇小說》六篇，商務《舊小說》十五篇。除去重覆者，實得三十八篇。我們不敢說：這三十八篇便是《三水小牘》二卷本的全貌。但至少，書中主要的篇章，如〈飛煙傳〉、〈綠翹〉等，都十分完整。我們也盡了最大的努力蒐集了。茲將上舉三書篇章列表於後：

太平廣記			唐人傳奇小說		商務舊小說卷七 三水小牘	
一、溫京兆	四十九	6			溫京兆	10
二、趙知微	八十五	1			趙知微	7
三、從諫	九十七	10				
四、宋柔	一二三	5			宋柔	4
五、王表	一二三	6			王表	5
六、綠翹	一三〇	3	綠翹	4	綠翹	6
七、王公直	一三三	3	王公直	6		
八、崔彥曾	一四四	16				
九、李鈞	一四五	1				
十、鉅鹿守	一四五	3				
十一、陝師	一四五	4				
十二、李龜壽	一九六	3				
十三、皇甫及	二二〇	2				
十四、元稹	二三二	8			元稹	13
十五、王徽	二五七	6				
十六、崔昭符	二六五	18				
十七、捧硯	二七五	6				
十八、卻要	二七五	13	卻要	5	卻要	6
十九、侯元	二八七	1			侯元	11
二十、李仲呂	三一二	8				
廿一、夏侯禎	三一二	11			夏侯禎	9
廿二、徐煥	三一二	12				
廿三、董漢勛	三五一	10			董漢勛	3
廿四、游氏子	三五二	2			游氏子	2
廿五、皇甫枚	三五三	1				
廿六、陳璠	三五三	2				
廿七、秄兒	三六六	6				
廿八、李約	三六六	7			李約	1
廿九、張謀孫	三六六	11				
卅、張應	三九五	6				
卅一、衛慶	四〇二	21			衛慶	12
卅二、韋玭	四三六	8				
卅三、張直方	四五五	1	王知古	2		
卅四、游邵	四五九	7				
			王纟冲	1		
			步飛烟	3		
					封夫人	14
					嚴郜女	15

二、著者的生平

《三水小牘》一書，陳直齋、《宋史・黃文志》，均列名作者為皇甫枚。惟馬端臨《文獻通考》列名為皇甫牧，清聚珍本亦同。當係傳鈔之誤。

陳振孫《直齋書錄解題》只說作者是皇甫枚遵美，沒有進一步的解說，我們遍查《登科記考》、《僕尚丞郎表》、《唐尚書省郎官石柱題名考》和《唐會要》等書，都找不到皇甫枚的名字。

依照他自己的敘述，他懿宗咸通末（八七二、三年）任魯山縣主簿，（見〈夏侯禎〉篇）我們猜測，他可能在咸通中（八六幾年間）中過進士。先任縣尉，而後升任主簿。僖宗光啟中，（八八六年），皇甫枚自相州赴梁山僖宗行在調任。此時，距他任縣主簿（九品官）已十餘年，可能已是縣令或略高的職位。

他是三水人。三水縣，今陝西省栒邑縣西之地。在汝墳溫泉有別業。至於其他，我們一無所知。

《三水小牘》所紀，多仙靈怪異之事。而常雜入義烈故事。像〈董漢勛〉、〈封夫人〉，寫來「凜凜有生氣。」（《唐人傳奇小說》編者汪辟疆之語），而且文辭雅飾，不失唐人軌範。

目次

一、溫京兆❶

溫璋，唐咸通壬辰尹正天府❷。性黷貨，敢殺❸。人亦畏其嚴殘不犯。由是治有能名❹。舊制，京兆尹之出，靜通衢，閉里門，有笑其前道者，立杖殺之❺。是秋，溫公出自天街，將南抵五門。呵喝風生❻。有黃冠❼老而且傴，弊衣曳杖，將橫絕其間❽。騶人呵不能止❾。溫公命捽來，笞背二十❿。振袖而去，若無苦者。

溫異之，呼老衙吏，令潛而覘之⓫，有何言。復命。黃冠扣之，既而跡之⓬。迨暮過蘭陵里⓭南，入小巷中，有衡門，止處也。吏隨入關。有黃冠數人出謁甚謹，且曰：「眞君⓮何遲也？」

答曰：「爲凶人所辱。可具湯水。」

黃冠前引，雙鬟青童從而入。吏亦隨之。過數門，堂宇華麗，修竹夾道，擬王公之甲第。未及庭，眞君顧曰：「何得有俗物氣。」黃冠爭出索之，吏無所隱，乃爲所錄⓯。見眞君，吏叩頭拜伏，具述溫意。

眞君盛怒曰：「酷吏不知，禍將覆族。死且將至，猶敢肆毒於人。罪在無赦。」叱衙吏令去。

吏拜謝了，趨出。遂走詣府⑯，請見溫。時則深夜矣。

溫聞吏至，驚起，於便室召之。吏悉陳所見。溫大嗟惋。

明日將暮，召吏引之。街鼓既絕。溫微服，與吏同詣黃冠所居。至明，吏款扉⑰。

應門者問：「誰？」曰：「京兆溫尚書來謁眞君。」

既闢重闈，吏先入拜。仍白曰：「京兆君溫璋。」溫趨入拜。

眞君踞坐堂上，戴遠遊冠，衣九霞之衣，色貌甚峻。

溫伏而敘曰：「某任惣浩穰，治唯震肅；若稍畏懦，則損威聲⑱。昨日不謂凌迫大仙，自貽罪戾，故來首服⑲，幸賜矜哀。」

眞君責曰：「君忍殺立名，專利不厭。禍將行及，猶逞兇威。」

溫拜首求哀者數四，而眞君終蓄怒不許。

少頃，有黃冠自東序來，拱立於眞君側，乃跪啓曰：尹雖得罪，亦天子亞卿；況眞君洞其職所統，宜少降禮。」

言訖，眞君令黃冠揖溫昇堂，別設小榻，令坐。命酒數行，而眞君怒色不解。

黃冠復答曰：「尹之忤犯，弘宥誠難；然則眞君變服塵遊，俗士焉識。白龍魚服，見困豫且。審思之。」

眞君悄然良久，曰：「恕爾家族。此間亦非淹久之所。」

溫遂起，於庭中拜謝而去，與衙吏疾行至府，動曉鐘矣。雖語親近，亦秘不令言。

明年，同昌主薨，懿皇傷念不已，忿藥石之不徵也。醫韓宗紹等四家。詔府窮竟，將誅之。而溫鬻獄緩刑。納宗紹等金帶及餘貨。凡數千萬，事覺。飲酖而死。

校志

本文據《太平廣記》卷四十九暨商務《舊小說》卷七《三水小牘》校錄，予以分段，並加註標點符號。

註釋

❶京兆——首府。溫京兆、姓溫的京兆尹。

❷咸通壬辰尹正天府——咸通、唐懿宗年號。壬辰為咸通十三年，即西元八七二年。尹在此為動詞。尹正天府，即是「為正天府的府尹」。府長官。

❸贖貨敢殺——贖、貪贖。貪得無厭。敢殺、動輒判人死罪。唐代有名的女詩人魚玄機，因為張豔幟，被他判死刑問斬了。

❹人亦畏其嚴殘，不犯。由是治有能名——老百姓都怕他兇殘，不敢犯法。因而溫尹頗有能治理的美名。

❺舊制，京兆尹之出五句——依照老的制度，京兆尹若出街，大道要肅靜，里們要關起來。若有人敢在儀仗前發笑的，馬上會被打死。

❻呵喝風生——呵喝尖聲叫嘯。

❼黃冠——道士。

❽老而且傴三句——傴、音雨，駝背。又老又駝背，穿著破舊衣服，手握拐杖，要橫過街。

❾騶人呵不能止——引馬喝道的騶卒，呵喝也無法止住。

❿溫公命捽來笞背二十——溫府尹吩咐把道士拖過去，杖背二十下。捽、拔取的意思。

⓫潛而覘之——偷偷跟在後面窺視。

⓬既而跡之——而後跟蹤。（其前「黃冠扣之」一句，似有誤。）

⓭迨暮，過蘭陵里南——迨、及。及暮、等到傍晚之時，經過蘭陵里南面。

⓮真君——道家稱神仙叫真君。

⓯吏無所隱，乃為所錄——衙吏無所遁隱，被發現了。

⓰詣府——到達府衙。

⓱吏款扉——款扉、叩門。

❽某任惣浩穰四句——意謂他治理京兆，要震撼嚴肅。若稍存怯懦，便會損及威嚴。「任惣浩穰」、費解。「惣」字字典中無。

⓳首服——有罪自陳也。

二、趙知微

九華山❶道士趙知微，乃皇甫玄真之師。少有淩雲之志，入茲山，結廬於鳳皇嶺前，諷誦道書。鍊志幽寂❷。蕙蘭以為服。松柏以為糧。趙數十年，遂臻玄牝❸。由是好奇之士，多從之。

玄真既申弟子禮，服勤執敬，亦十五年。至咸通辛卯歲，❹知微以山中鍊丹，修西土藥者。乃使玄真來京師，寓於玉芝觀之上清院。皇甫枚時居蘭陵里第，日與相從，因詢趙君事業。

玄真曰：「自吾師得道，人不見其惰容❺。常云：『分杯結霜之術，化竹釣鯔之方，吾久得之。固恥為耳。❻』去歲中秋，自朔霖霪，至於望夕❼。玄真謂同門生曰：『堪惜良宵，而值苦雨。』語頃。趙君忽命侍童曰：『可備酒果。』遂遍召諸生，謂曰：『能昇天柱峯翫月否？❽』諸生雖唯應而竊議：以為濃陰駃雨❾如斯。若果行，將有墊巾角折屐齒之事❿。少頃，趙君曳杖而出，諸生景從⓫。既闢荊扉，而長天廓清，皓月如晝⓬。捫蘿援篠⓭。及峯之巔。趙君處玄豹之茵，諸生藉芳草列侍。俄舉卮酒⑭，詠郭景純⑮遊仙詩數篇。諸生有清嘯者，步虛者，鼓琴者，以至寒蟾隱於遠岑⑯，方歸山舍，既各就榻。而凄風飛雨宛然。衆方服其奇致。」

玄眞碁格無敵。黃白術復得其要妙。壬辰歲春三月歸九華後，亦不更至京洛。⑰

校志

本文根據《太平廣記》卷八十五與商務《舊小說》第七冊《三水小牘》校錄，予以分段，並加註標點符號。

註釋

❶九華山——屬南嶺山系，在廣東省連平縣東。相傳山中有少林古寺。

❷諷誦道書。鍊志幽寂——諷誦：「倍文曰諷。」即背書。「以聲節之曰誦」。背誦道家經典，棲心於幽微妙之地。簡單說，就是「學道」（皇甫玄真亦有道之士，具見廉記卷四〇四「辟塵巾」條。）

❸蕙蘭以為服。松柏以為糧。趙數十年，遂臻玄牝——謂粗衣淡飯，數十年後，乃達到神話自然的境界。玄牝：《老子》：「谷神不死，是謂玄牝。玄牝之門，是謂天地根。河上公注：「玄、天也。於人為鼻。牝、地也。於人為口。」《朱子全書》注：「玄牝乃神話之自然。臻、達到。

❹咸通辛卯歲——唐懿宗咸通十二年，西元八七一年。

❺人不見其惰容——意謂天天都是精神煥發的樣子。

❻分杯四句——是說一些幻化的法術，但趙知微不屑演練。

❼自朔霖霪，至於望夕——每月初一叫朔。十五叫望。霖霪、雨連下三天以上叫霖。霪、久雨為霪。

❽昇天柱峯翫月——攀上天柱峯頂賞月。

❾濃陰駃雨——元好問詩：「駃雨東南來。」言驟雨。大雨。駃、快也。

❿墊巾角、折屐齒——雨天爬山，不免頭巾零亂，屐齒斷裂。屐：《急就篇》顏師古注云：「屐者、以木為之。而施兩齒。可以踐泥。」

⓫景從——景、影也。景從，如影隨形般追隨在後。

⓬既闢荊扉，而長天廓清，皓月如晝——打開柴門，只見長天清清楚楚沒有雲，而皓月當空，照耀得像白晝。

⓭捫蘿援篠——篠、音小，竹子。攀援籐蘿，爬上峯頂。

⓮巵——音出，巵俗字。盛酒的杯子。

⓯郭得純——郭璞、字景純。晉聞喜人。詞賦為東晉之冠。

⓰寒蟾隱於遠岑——蟾、稱月亮。岑、山尖。月亮已經隱入遠處高山的後面了。

⓱黃白術復得其要妙——黃、黃金。白、白銀。黃白術、術士鍊金之術。要妙、關鍵之處。得其要妙、法術最微妙的地方都弄清楚了。意謂「精通」。

三、從諫

東都❶敬愛寺北禪院大德❷從諫，姓張氏，南陽人。徙居廣陵❸，為土著姓。身長八尺，眉目魁奇。越壯室之年，忽頓悟眞理。遂捨妻子從披削焉❹。於是研精禪觀，心境明白。不逾十載，耆年宿德，皆所推服。及來洛❺。遂止敬愛寺。年德並成，緇黃所宗❻。每赴供，皆與賓頭盧眞者❼對食。其為人天欽奉若此。

唐武宗嗣曆，改元會昌❽，愛馭鳳參鶴之儀，薄點墨降龍之教。乃下郡國，毀塔廟，令沙門復初❾。諫公乃烏帽麻衣❿，潛於皇甫枚之溫泉別業。後岡上喬木駢欝，巨石砥平⓫。諫公夏日，常於中入寂⓬。或補毳事⓭。

忽一日，積雲駃雨（⓮，霆擊石旁大檀。雨霽，諸兄走注林中，諫公恬然趺坐，若無所聞者。

諸兄致問。涂曰：「惡畜牲而已。」

至大中初，宣宗復興內教，諫公歸東都故居。其子自廣陵來觀，適與遇於院門、威貌崇嚴，不復可識。乃拜而問從諫大德所居。諫公指曰：「近東頭。」其子既去。遂闔門不出。其割裂愛網又如此。

咸通丙戌歲[15]夏五月。忽遍詣所信嚮家[16]。皆謂曰：「善建福業[17]。貧道秋初當遠行，故相別耳。」

至七月朔，清旦，盥手焚香，念慈氏如來、遂右脇而臥[18]。呼門人玄章等戒曰：「人生難得，惡道易淪，惟有歸命釋尊，勵精梵行。龍花會[19]上，當復相逢。生也有涯，與爾少別。」是日無疾奄化[20]。年有八十餘矣。

玄章等奉遺旨，送屍於建春門外屍陁林[21]中，施諸鳥獸。三日復視之，肌貌如生，無物敢近。遂覆以餅餌。

經宿，有狼狐跡。唯啗餅餌。而豐膚宛然。乃依天竺法闍維訖[22]。收餘燼。起白塔於道傍，春秋奉香火之薦焉。

校志

本文據《太平廣記》卷第九十七校錄，予以分段，並加註標點符號。

註釋

❶東都——唐都長安。稱洛陽為東都。以其地在長安之東也。

❷大德——年高之和尚。

❸廣陵——揚州。

❹從披削焉——或作披剃。披袈裟，削髮為僧。

❺洛——即洛陽。

❻緇黃所宗——為和尚道士所佩服。和尚緇衣，道士黃冠。故稱僧道為緇黃。

❼賓頭盧真者——十八羅漢之一。此處「賓頭慮」，應是「賓頭盧」。

❽武宗嗣曆——唐武宗在文宗開成五年（西元八四〇）病逝後即位。次年改元會昌。

❾愛馭鳳參鶴之儀五句——喜歡道教，輕視佛教。會昌五年（西元八四五）八月，大毀佛寺，復僧尼為民。（《唐書》卷八〈武宗本紀〉）史稱會昌滅法。至宣宗大中六年（西元八五二年）閏三月，才「大復佛寺。」

❿諫公乃烏帽麻衣——因為不能露出和尚頭，不能披袈裟，只有戴帽子蓋住光頭，穿麻衣以代僧衣。躲藏在皇甫枚的別業中。

⓫喬木駢鬱，巨石砥平——形容山岡上喬木高聳，石山平整。

⓬入寂——俗謂入定。

⓭或補𣰹事——此處費解。
⓮積雲駃雨——駃雨、快雨。積雲、低而濃的雲。
⓯咸通丙戌歲——咸通丙戌，為咸通七年。西元八六七年。
⓰遍詣所信嚮家——遍訪信徒家。到信奉他、嚮往他的人家。
⓱善建福業——修福慧之業，即係修善心，作善事。佛家語。
⓲右脇而臥——腋下為脇。側右而臥。有如臥佛。
⓳龍花會——龍花會：以為彌勒下生之處。《菩薩處胎經》謂「彌勒佛經五十六億七千萬歲後下生此土。於龍華林下成佛。」《彌勒下生經》謂「彌勒下生時，坐龍華樹下得無上正等正覺。」只有皈奉釋迦牟尼佛，勵志梵音，才能到西方極樂。
⓴無疾奄化——無疾病而坐化了。即無疾而終了。
㉑屍陁林——梵語。又名「寒林」。葬死屍之處。
㉒闍維——梵語。謂僧死後火化。

四、宋柔

唐僖宗之狩於岷蜀❶也，黃巾尚遊魂於三輔❷。

中和辛丑歲❸，詔丞相晉國公王鐸❹，為諸道行營都統，執操旗鼓，乘三峽而下，作鎮南燕，為東諸侯節度。又詔軍容使西門季玄為都監❺。

秋七月，鐸至滑，都監次於臨汝❻，郡當兵道，郵傳皆焚❼，乃舍於龍興北禪院。其西廊小院，即都監下都押衙何群處之。

群滑人也，世為本軍劇職。群少兇險，親姻頗薄之。乃西走上京，以干中貴人，而西門納焉❽。至是擢為元從都押衙，戎事一以委焉。

群志氣驕佚，肉視其從。嘗一日，汝州監軍使董弘贄，令孔目官宋柔，奉啓於都監。致命將出，值群方據胡牀於門下，怒其不先禮謁也，叱數卒捽以入，擊以馬撾而遣之。弘贄聞之大恐，笞宋柔數十，仍斥去，不復任使，馳書使謝群，群亦無怍。

復數日，日將夕，宋柔徒行，經寺門，又值群自外將入。瞥見發怒，連叱騶皁，錄之入院，候曛黑，殺而支解，納諸溷中❾。

既張燈，宛見宋柔被髮徒跣❿，浴血而立於燈後。群矍起，奮劍擊刺。欻然而滅，厥後夜夜見之。

暮秋月，都監遷於滎陽郡，舍於開元寺，子城東南隅之地。至是群神情惝怳⓫，漸不自安，乃與其裨將竇思禮等謀叛，將大掠郡中，而奔於江左。都監部曲三百許人，皆畏群而唯諾。

會太守杜真府符請都監夜宴，啓至，群謂思禮等曰：「機不旋踵，時不再來，必發今宵，無貽後悔。」思禮等遂潛勒部分。

至晡時，都監赴宴。群命親信十數人從戒曰：「至三更，汝焚六司院門，寺中必舉火相應。」

其夕一鼓，群假寢帳中，乃夢宋柔向群大叱曰：「吾讎雪矣。」遂驚覺，召思禮語之。

對曰：「此乃思也，是何能為？」

二鼓將半，乃令其徒擐甲，使一卒登佛殿西大梓樹，瞯子城內。無何，郡都虞侯遊巡至僧綱，啓門入，至殿隅，仰視木杪，心動，命爇炬於下，乃見介者蹲於枝間。方詰所從，群連聲謂曰：「老卒痁作。遂逃於上，無他也。」都虞侯色變，馳出戒嚴。

群呼思禮等謂曰：「事亟矣，不速行，將為豎子所殄。」乃擁其徒，斬東門關而出奔走兩舍，而群心蕩，無所從其適。下稍稍亡去，倦憩水側，遙聞嚴鼓聲，乃僕射陂東北隅壖也。思禮覺乃前，請啓密語，群將耳附之。思禮拔佩刀，疾斫群首墜於地。餘衆大囂而散，思禮攜群首，遲明，歸命於都監。貰其罪⑫，使招其散卒焉。

校志

一、本文據《太平廣記》卷一二三暨商務《舊小說》第七冊《三水小牘》校錄，予以分段，並加註標點符號。

二、第一段「黃巾」，似為「黃巢」之誤。黃巾賊係東漢末年事。唐僖宗所避者乃係「黃巢」。

註釋

❶唐僖宗之狩於岷蜀也——按《新唐書・僖宗本紀》，僖宗中和元年（西元八八一年）正月壬子如成都。以避黃巢之亂。

❷三輔——謂京兆、馮翊、扶風。僖宗在四川避亂之時，黃巢正佔據了長安和三輔之地。

❸中和辛丑——僖宗中和元年。西元八八一年。

❹王鐸——字昭範。武宗會昌初進士擢第會昌十二年禮部尚書同中書門下平章事。超拜司徒。以檢校左僕射出為宣武節度使。僖宗初後召入，任宰相，封晉國公。帝拜太子少師從入蜀，平章事。

❺詔軍容使西門季玄為都監——唐自安史亂後，中央對節度使不放心，每一節度使下都派一個太監，號稱監軍。軍隊有都統。監軍則有都監軍。西門季玄是太監。

❻滑、臨汝——滑州、約當今河北南部與山東西北部之地。臨汝、今河南臨汝縣。

❼郡當兵道，郵傳皆焚——郵、傳書舍。驛舍。傳、驛舍，都被兵火所燒掉了。

❽群滑人也六句——何群是滑州人，世代都在軍中打雜。群少時便很兇險，親戚都瞧不起他。於是他上京見太監之有權者，西門季玄收留了他。

❾連叱騶阜連叱騶阜，錄之入院，候曛黑，殺而支解，納諸溷中——連連叱吽騎馬的從人（騶阜），擄人院中等等天黑了，把宋柔殺死，肢解分屍，丟入糞窖中。

❿被髮徒跣——披著頭髮，奔著雙足。

⓫神情惝怳——惝怳，今日所謂的恍神、心神不寧。

⓬貰其罪——赦其罪。

五、王表

河東裴光遠❶，唐龍紀己酉歲❷，調授滑州衛南縣尉❸。性貪婪，冒於貨賄❹，嚴刑峻法，吏民畏而惡之。尤好擊鞠❺，雖九夏蒸鬱❻，亦不暫休息。畜一白馬，駿健能馳騁，竟以暑月不勝其役，而致斃於廣場之內。

有里長王表者，家雖富贍，早喪其妻。唯一子可七八歲，白皙端麗。常隨父來縣曹❼。光遠見而憐之❽，呼令入宅，遺以服翫❾。自是率以為常。

光遠令所親謂表曰：「我無子，若能以此兒相餉❿，當善待汝，縱有大過，亦不汝瑕疵也⓫。」表答曰：「某誠賤微，受制於上。骨肉之間，則無以奉命。況此兒襁褓喪母，豈可復離其父乎⓬？設使以此獲罪於明公，亦甘心矣」。

光遠聞而銜之。後數日，乃遣表使於曹南，使盜待諸境上殺之，而取其子。

大順辛亥歲⓭春，光遠遘疾⓮，逾月委頓⓯，或時若鬼物所中。獨言曰：「王表來也，當還爾兒。」

又為表言曰：「某雖小吏，愼密未嘗有過，反招賤賊，規奪赤子⑯，已訴於天，令來請命。」

又為己語：「今還爾兒，與爾重作功德，厚賂爾陰錢，免我乎⑰？」皆曰：「不可？」

少頃曰：「白馬來也。」則代馬語。曰：「為人乘騎。自有年限。至於負載馳驟。亦有常程。筋力之勞，所不敢憚。豈有盛夏之月，擊鞠不止，斃此微命，實由於君！已訴上天，今來奉取。」

又為己語祈之。王表終不聽。數日，光遠遂卒。

校志

一、本文據《太平廣記》卷一二三暨商務《舊小說》第七冊《三水小牘》校錄，予以分段，並加註標點符號。

二、第一段「唐龍紀己丑歲」，「唐」字係《廣記》編者所添加者。

註釋

❶河東裴光遠——河東斐氏，係唐代大郡姓之一。斐光遠並不一定住河東。
❷唐龍紀己酉歲——龍紀、唐昭宗年號。僅一年。己酉年，當西元八八九年。
❸調授滑州衛南縣尉——唐地方官府採州、縣二級。每州轄數縣。縣尉，位居縣令、縣丞、主簿之下。為最起碼的文官。通常進士及第者，再經吏部試後，便授以縣尉之官。
❹性貪婪，冒於貨賄——性貪鄙。冒、無所顧忌，公然收受財貨賄賂。
❺尤好擊鞠——尤其愛好打鞠。擊鞠，有點像打馬球。唐朝頗為流行。
❻九夏蒸鬱——九夏、謂夏季九十日。蒸鬱、謂像蒸籠一樣的熱氣使人鬱悶難受。
❼縣曹——縣衙門。官員們辦公之處叫曹。
❽見而憐之——光遠見了，很愛他。憐、愛也。
❾遺以服翫——送給他衣服玩具。
❿以此兒相餉——以此兒賜贈。
⓫縱有大過，亦不汝瑕疵也——即使你有大過錯，我也不認為是過失。「瑕疵」在此是動詞。如韓文公詩：「佳句喧眾口，考官敢瑕疵？」
⓬此兒襁褓喪母，豈可復離其父乎——這個兒子嬰兒之時便沒了母親，豈可再離開父親？襁、把嬰兒綁在背上的繩子。褓、嬰兒蓋的小被子。

⓭大順辛亥歲——大順、唐昭宗年號。共二年。辛亥、為大順二年，當西元八九一年。

⓮遘疾——生病。

⓯逾月委頓——病了一個多月便委頓不堪了。委頓、困疲也。

⓰規奪赤子——規、謀也。計謀搶奪我的小孩！

⓱今還爾兒四句——我現在把兒子還給你，為兒重重的作功德，給你燒很多錢紙，能饒過我嗎？

六、綠翹

西京❶咸宜觀女道士魚玄機❷，字幼微，長安里家女也❸。色既傾國，思乃入神。喜讀書屬文，尤致意於一吟一詠。破瓜之歲，誌慕清虛❹。咸通❺初，遂從冠帔於咸宜。而風月賞翫之佳句，往往播於士林。然蕙蘭弱質，不能自持。復為豪俠所調，乃從游處焉。於是風流之士，爭修飾以求狎。或載酒詣之者，必鳴琴賦詩，間以謔浪。懵學輩自視缺然❻。

其詩有「綺陌春望遠，瑤徽秋興多」。又「殷勤不得語，紅淚一雙流」。又「焚香登玉壇，端簡禮金闕。」又：「雲情自鬱爭同夢，仙貌長芳又勝花。」此數聯為絕矣。

女僮曰綠翹，亦明慧有色。

忽一日，機為鄰院所邀。將行，誡翹曰：「無出。若有客，但云在某處。」

機為女伴所留，迨❼暮方歸院。

綠翹迎門。曰：「適某客來，知鍊師❽不在，不舍轡而去矣。」

客乃機素相暱❾者。意翹與之私。及夜，張燈扃戶，乃命翹入臥內❿，訊之。

翹曰：「自執巾盥[11]數年，實自檢御[12]，不令有似是之過，致忤尊意。且某客至，款扉，翹隔闔[13]報云：『鍊師不在。』客無言，策馬而去。若云情愛，不蓄於胸襟有年矣。幸鍊師無疑。」機愈怒，裸而笞百數。但言「無之。」

既委頓，請杯水酹地曰：「鍊師欲求三清[14]長生之道，而未能忘解珮薦枕之歡[15]。反以沈猜，厚誣貞正。翹今必斃於毒手矣。無天則無所訴。若有，誰能抑我彊魂？誓不蠢蠢[16]於冥冥之中，縱爾淫佚[17]。」言訖，絕於地。

機恐，乃坎[18]後庭，瘞[19]之。自謂人無知者。

時咸通戊子春正月也。

有問翹者。則曰：「春雨霽，逃矣。」

客有宴於機室者。因溲[20]於後庭，當瘞上見青蠅數十集於地，驅去復來。詳視之，如有血痕血腥。

客既出，竊語其僕。僕歸復語其兄。其兄為府街卒，嘗求金於機。機不顧，卒深銜之。聞此，遽至觀門覘[21]伺，見偶語者，乃訝不睹綠翹之出入。

街卒呼數卒，攜鍤具[22]；突入玄機院，發之。而綠翹貌如生平。

遂録[23]玄機京兆府。吏詰之，辭伏。而朝士多為言[24]者。府乃表列上。至秋，竟戮之。在獄中亦有詩曰：「易求無價寶，難得有情郎。」「明月照幽隙，清風開短襟。」此其美者也。

校志

一、本文據商務《舊小說》卷七《三水小牘》與《太平廣記》卷一百三十〈綠翹〉校錄，予以分段，並加註標點符號。

二、「易求無價寶，難得有情郎。」全詩抄錄如次：「羞日遮羅袖，愁春懶起粧。易求無價寶，難得有情郎。枕上潛垂淚，花間暗斷腸。自能窺宋玉，何必恨王昌？」最後兩句，說盡了她一生的悲哀。向來的大膽！

註解

❶西京——開元間，以河南府為西京，即今之洛陽。天寶初以長安為西京，至德間以鳳翔為西京。《唐才子傳》〈魚玄機〉條稱玄機為「咸通中長安女道士。」此處「西京」應該是指長安。

❷魚玄機、字幼微——原是補闕李億的小妾，因色衰愛弛，淪為女冠。

❸長安里家女也——意謂原是倡家之女。
❹清虛——道家主清虛。嚮慕清虛，故入道觀為女冠。
❺咸通——唐懿宗年號。共十四年。（西元八六〇至八七三年。）
❻鈌然——鈌，同缺。
❼迨——迨暮方歸：直到天黑才回來。
❽鍊師——道士德高思精者為之鍊師。
❾素相暱者——素來相親愛的。即情人。
❿卧內——寢室。
⓫執巾盥——拿著毛巾洗臉盆。
⓬實自檢御——實實在在自制、自檢。
⓭隔闔報云——隔著門扇報告說。
⓮三清——佛家修行目的在成佛。道家登三清。道家以玉清、上清、太清為三清。按道家之書，四人天外，曰三清境。又云聖登玉清，真登上清。仙登太清。今道觀供奉三清，以元始天尊、太上道君和太上老君分三清。
⓯解珮薦枕之歡——解下衣帶上的玉佩，獻上枕頭。即侍寢。謂雲雨之歡。
⓰蠢蠢——虫子蠕動。此處，綠翹的意思是：不會只像虫子一樣慢慢的行動。會採取激烈的行動之意。
⓱淫佚——佚、也是淫。淫佚、淫蕩。淫慾。
⓲乃坎後庭——挖開後院之地。
⓳瘞——埋。

⑳溲——小便。動詞。
㉑至觀門覘伺——到道觀的門口窺伺。
㉒鍤具——挖土的工具。
㉓遂錄——遂告發、登錄。
㉔朝士多為言——朝官士子多有為魚玄機關說者。

七、王公直

唐咸通庚寅歲❶，洛師大饑❷，穀價騰貴。民有殍於溝塍者❸。至蠶月，而桑多為蟲食。葉一斤直一鍰❹。新安縣慈澗店北村民王公直者，有桑數十株，特茂盛蔭翳。

公直與妻謀曰：「歉儉若此，家無見糧。徒竭力於此蠶。尚未知其得失。以我計者，莫若棄蠶，乘貴貨葉，可得錢十萬，蓄一月之糧，則接麥矣。豈不勝為餒死乎❺？」

妻曰：「善。」

乃携鍤坎地，卷蠶數箔瘞焉❻。

明日凌晨。荷桑詣都市鬻❼之。得三千文。市彘肩❽及餅餌以歸。

至徽安門，門吏見囊中殷血，連洒於地。遂止詰之。

公直曰：「適賣葉得錢。市彘肉及餅餌貯囊。無他也。請吏搜索之。」

既發囊，唯有人左臂。若新支解焉。群吏乃反接❾送於居守，居守❿命河南府尹正瑯琊王公凝⓫。令綱紀鞫⓬之。其款示：「其瘞蠶賣桑葉。市肉以歸，實不殺人，特請檢驗。」

尹判差所由[13]監領，就村檢埋蠶之處。所由領公直至村，先集鄰保，責手狀。皆稱實知王公直埋蠶，別無惡跡。乃與村眾及公直，同發蠶坑，中唯有箔角一死人，而缺其左臂，取得臂坿之，宛然符合。遂復領公直詣府，白尹。

尹曰：「王公直雖無殺人之事，且有坑蠶之咎，法或可恕，情在難容。蠶者，天地靈蟲，綿帛之本，故加勦絕，與殺人不殊，當寘嚴刑，以絕凶醜[14]。」遂命於市杖殺之。使驗死者，則復為腐蠶矣。

校志

一、本文據《太平廣記》卷一百三十三校錄，予以分段，並加註標點符號。

二、起首「唐咸通」「唐」字係《廣記》編者後加上去的。

註釋

❶唐咸通庚寅歲——懿宗咸通十一年。西元八七〇年。

❷洛師大饑——洛師。我們稱首都為京師。洛師，即是東京洛陽。

❸穀價騰貴。民有殍於溝塍者——因為鬧饑荒，米的供應不夠，所以價錢貴的不得了。窮人沒飯吃，有些便餓死在溝邊塍上。殍、餓死的人。塍、音乘。田畦。

❹一鍰——一鍰等於多少錢，查不到。

❺公直的話意譯——歲歉若此，家裡看不見一粒米。我們即使全力養蠶，還不知結果如何。我認為：明日一隻雞，不如眼前一個蛋。我們趁桑葉價格好的時候，不如放棄養蠶，把桑葉賣掉，可得錢十萬，可買足夠吃一個月的糧食。一個月後，麥子便登場了。這樣豈不可免得餓死嗎？

❻乃携鍤坎地，卷蠶數箔瘞焉——於是拿了鍤去掘土，把幾箔蠶給埋了。鍤、鍫也。挖土的工具。箔、養蠶的器具。韓愈詩：「春蠶看滿箔。」

❼鬻——音育。賣。

❽彘肩——彘、ㄓˋ。豬的別名。豬前腿肉。

❾反接——反綁兩手。把兩只手綁到身後。

❿居守——一郡之長曰守。太守。

⓫瑯琊王公凝——唐山東郡姓以崔、盧、李、鄭、王五姓為守。王為太原。瑯琊王雖也是士族，卻次於太原王。

⓬令綱紀鞫之——綱紀，謂主簿，鞫、窮治罪人也。詰問。

⓭所由——即將王公直帶來的人。

⓮當寘嚴刑，以絕凶醜——寘、置也。當處以重刑，以根絕如此凶醜之事。

八、崔彥曾

滎陽❶郡城西有永福湖，引鄭水以漲之。平時，環岸皆臺榭花木。乃太守郊勞班餞之所❷。西南壖❸多修竹喬林，則故涂帥崔常侍彥曾之別業也。

唐咸通❹中，龐勛作亂❺。彥曾為賊執。湖水赤如凝血者三日。未幾而凶問至。

昔河間王之征輔公祏也，江行，舟中宴群帥，命左右以金盌酌江水，將飲之。水至，忽化為血。合座失色❻。

王涂曰：「盌中之血，公祏授首之徵。」果破之，則禍福之難明也如是。

校志

一、本文據《太平廣記》卷一百四十四校錄，予以分段，並加註標點符號。

二、「唐咸通中」，「唐」字係《廣記》編者所添加。原文應無。

註釋

❶滎陽——在今河南省滎陽縣西。

❷太守郊勞班餞之所——冬至祭天曰郊。勞、慰勞、班、迎接班師。餞、餞別，均在此處。

❸壖——河邊之地。

❹咸通——唐懿宗年號。共十四年。西元八六〇至八七三年。

❺龐勛作亂——咸通九年七月武陵軍節度糧料判官龐勛反於桂州。十月庚午陷宿州，丁丑陷徐州。觀察使崔彥曾死之。（《唐書》卷九〈懿宗本紀〉）

❻河間王之征輔公祏——河間王李孝恭，輔公祏反，寇壽陽。詔考恭為行軍元帥討之。引兵趨九江。將發，大饗士，杯水變為血。坐皆失色。孝恭自如。徐曰：「公祏惡貫盈，今仗威靈以問罪。杯中血，乃賊臣授首之祥也。」見《唐書》卷七十八〈宗室列傳〉。

九、李鈞

唐李鈞之蒞臨汝也❶，郡當王仙芝大兵之後❷。民間多警。李鈞以兵力單寡，抗疏聞奏❸。詔以昭義軍三千五百人鎮焉。乾符戊戌歲也❹。兵至，營於郡西郭❺。明年春，鈞節制上黨❻雜叛到，於是鎮兵部將，排隊於州前通衢。率其屬入衙。展君臣之禮❼。忽有暴風揚塵，起自軍門而南。幡折行伍，拔大旆十餘以登❽。州人愕眙而顧❾，沒於天際。

明日，州北二十里大牛谷野人❿，得旆以獻。帛無完幅，枝幹皆摺拉矣⓫。鈞至上黨，統衆出雁門，兵既不戢，暴殘居民⓬。遂為猛虎軍所殺矣⓭。

校志

一、本文據《太平廣記》卷一百四十五校錄，予以分段，並加註標點符號。

二、「唐李鈞」——「唐」字乃《廣記》編者所加。

註釋

❶唐李鈞之莅臨汝也——李鈞，時為昭義軍節度使。臨汝今河南臨汝縣。

❷王仙芝——濮州人。僖宗初，聚眾作亂，黃巢應之。數月間，連下曹、濮、鄭、汝、郢、鄂、安、隋諸州。招討使曾元裕破而斬之。

❸抗疏聞奏——抗疏、上疏直陳。說兵力不足。

❹乾符戊戌歲——唐僖宗乾符五年，西元八七八年。

❺營於郡西郭——在郡城外西郊紮營。營、在此處為動詞。

❻上黨——山西省東南。今長治縣。

❼展君臣之禮——應該是行叩見之禮。

❽上黨——忽有暴風四句——忽然暴風起自軍門，一時揚塵飛沙，往南吹去，把隊伍吹得歪歪斜斜，拔起幾面大旗吹上天。

❾愕眙而顧——愕眙——驚貌。州人都愕然看視。

❿野人——庶人。

⓫帛無完幅，枝幹皆摺拉矣——旗面都破爛沒有完整的，旗杆都折斷了或拉彎了。

⓬兵既不戢，暴殘居民——士兵不戢，殘暴百姓。

⓭遂為猛虎軍所殺矣——猛虎軍、不明。

十、鉅鹿❶守

唐文德戊申歲❷，鉅鹿郡南和縣街北有紙坊。長垣悉曝紙。忽有旋風自西來，卷壁紙略盡。直上穿雲，望之如飛雪焉。此兵家大忌也。夏五月，郡守死。

校志

一、本文據《太平廣記》卷第一百四十五校錄，並加註標點符號。

二、「唐文德」、「唐」字係後人所加。

註釋

❶鉅鹿郡——在今河北省。南和、今河北省南和縣。

❷文德戊申——文德、唐昭宗年號。只一年。戊申、西元八八八年。

十一、陝帥

唐乾寧末❶，分陝❷有蛇鼠鬥於南門之內❸。觀者如堵。蛇死、而鼠亡去。未旬而陝帥遇禍。則知內蛇死而鄭厲入❹。群鼠奔而蒲山亡❺。妖由人興，可為戒懼。

校志

一、本文據《太平廣記》卷一百四十五校錄，予以分段，並加註標點符號。

二、「唐」字係後人所加。

三、「陝師」疑是「陝帥」之誤。

註釋

❶乾寧——唐昭宗年號。共四年。自西元八九四年至八九七年。

❷分陝——今河南陝縣。

❸蛇鼠鬥——鼬鼠能吃蛇。通常打鬥之後，鼠將蛇咬死，吃一點點蛇肉，而後離去。

❹鄭厲——《史記》卷四十二〈鄭世家〉：鄭莊公薨，太子忽，其弟突、次弟子亹號為三公子。祭仲立太子忽，是為昭公。宋人執祭仲，以死相迫，祭仲只得立突，是為厲公。太子忽出奔。厲公四年，祭仲專國政，厲公患之，欲殺祭仲，反被祭仲所制，乃出居邊邑。祭仲又迎回昭公。昭公二年，為高渠彌所弒。他和祭仲商量，再立昭公弟子亹為君。子亹又為齊侯所殺，高、祭二人又立子亹弟公子嬰為鄭子。鄭子八年，厲公突誘劫鄭大夫甫假。甫假說：「請放我走，我為你殺鄭子而入君。」厲公果與他盟。六月甲子，假果然殺了鄭子和他的兩個兒子，再迎突後入即位。《史記》中說：「初，內蛇與外蛇鬥於鄭南門中，內蛇死，居六年，鄭厲公果入。」

❺蒲山公——指李密。隋朝末年，李密起事，他的曾祖係北魏司徒李弼，弼入北國為太師。祖曜，邢國公。父寬、隋上柱國蒲山郡公。《新唐書》卷八十四載：「初，密建號登壇，疾風鼓其衣，幾仆；及即位，狐鳴於旁。惡之。及將敗，羣數有回風發於地，激砂礫上天。白日為晦。屯營群鼠相銜尾北渡洛，經月不絕。」此所謂群鼠奔也。」回風發於地，當係龍捲風。

十二、李龜壽

唐晉公白敏中❶，宣宗朝再入相。（公）不協比於權道。唯以公諒宰大政❷。四方有所請，礙於德行者，必固爭不允❸。由是征鎮忌焉。而志尚典籍，雖門施行馬，庭列梟鐘。而尋繹未嘗倦❹。於永寧里別構書齋。每退朝，獨處其中，欣如也❺。

居一日，將入齋，唯所愛卑腳犬❻花鵲從。既啓扉，而花鵲連吠，銜公衣卻行。叱去復至。既入閣，花鵲仰視，吠轉急。公亦疑之。乃於匣中拔下金劍。按於膝上。向空祝曰：「若有異類陰物，可出相見。吾乃丈夫，豈懾於鼠輩而相逼耶？」

言訖，欻有一物自梁間墜地。乃人也。朱鬟❼，衣短後衣。色貌黝瘦。頓首再拜，唯曰：「死罪。」

公止之，且詢其來及姓名。

對曰：「李龜壽，盧龍塞人也。或有厚賂龜壽，令不利於公。龜壽感公之德，復為花鵲所驚，形不能匿。公若捨龜壽罪，願以餘生事公。」

公謂曰：「待汝以不死。」遂命元從都押衙傅存初錄之❽。

明日詰旦❾，有婦人至門。服裝單急❿，曳履而抱持襁嬰⓫，請於閽曰⓬：「幸為我呼李龜壽。」

龜壽出。乃妻也。且曰：「訝君稍遲，昨夜半自薊⓭來相尋。」及公薨，龜壽盡室亡去。

校志

一、本文據《太平廣記》卷一百九十六校錄，予以分段，並加註標點符號。

二、起首「唐晉公」，「唐」字應是後人所加。

註釋

❶晉公白敏中——敏中字用晦，白居易堂弟。武宗會昌末為平章事（宰相）、宣宗即位，加右僕射、太原郡開國公。且為四輔之首。五年罷相。懿宗立，徵拜司徒、門下侍郎平章事後輔政。三年罷相。以太子太師致仕。卒。（《舊唐書》本傳）

❷不協比於權道，唯以公諒宰大政——和掌權當道的不妥協，不朋比為奸。而以公正諒解為原則掌大政。

❸四方有所請三句——四方、指藩鎮。凡是礙於道德的請求，即不正當的所求，一律批駁。因此為諸藩鎮所不滿。

❹雖門施行馬，句——「行馬者，一木橫中，兩木互穿以成四角。施之於門以為約禁也。」俗稱鹿角义，亦云拒馬义。我國自晉、魏以後，官至貴品，其門得施行馬。梟鐘不詳何物。尋繹、反覆玩索。謂研求學問。

❺欣如也——如、助詞，沒意思。如甲申如也。晏如也。

❻卑腳犬——矮腳犬。

❼朱鬣——紅鬍鬚。

❽押衙——管領儀仗侍衛者。都押衙、侍衛長。錄之、登錄姓名。錄用。

❾詰旦——平旦、次日。

❿服裝單急——衣服單薄。急、有緊裝之意。即旅行時結束便利。

⓫曳屨而抱持襁嬰——拖著鞋子抱著在襁褓中的嬰兒。

⓬請於閽曰——請託看門的人。閽、門子。

⓭薊——漁陽。河北薊縣。

十三、皇甫及

皇甫及者，其父為太原少尹。甚鍾愛之❶。

及生如常兒。至咸通壬辰歲❷，年十四矣，忽感異疾。非有切肌徹骨之痛❸，但暴長耳。

逾時而身越七尺。帶兼數圍❹。長啜大嚼❺，復三倍於昔矣。明年秋，無疾而逝。

校志

本文據《太平廣記》卷二百二十校錄，予以分段，並加註標點符號。

註釋

❶皇甫及者，其父為太原少尹。甚鍾愛之——皇甫及之父為太原少尹，甚鍾愛他，太原府的長官稱牧，其下

為府尹。少府，又為府尹之二。一般稱縣令曰尹。縣尉曰少尹。

❷咸通壬辰歲——唐懿宗咸通十三年。西元八七二年。

❸非有切肌徹骨之痛——完全沒有肌肉酸痛或骨頭痛。

❹帶兼數圍——腰非常粗。一圍究竟有多大，至今無定論！或謂一圍五寸。或謂八尺為一圍。

❺長啜大嚼——啜是吃。嚼也是吃。意為大吃大喝。

十四、元稹

唐丞相元稹之鎮江夏也[1]，常秋夕，登黃鶴樓[2]。遙望其江之濱，有光若殘星焉，遂令親信一人注視之。

其人棹小舟直詣光所，乃釣船中也。詢彼漁者，云：「適獲一鯉，光則無之。」其人乃攜鯉而來。既登樓，公命庖人剖之，腹中得鏡二，如錢大。而面相合。背則隱起雙龍。雖小，而鱗鬣爪角悉具[3]。精巧且澤。常有光耀[4]。公寶之，置臥內巾箱之中，及相國薨鏡亦亡去。

校志

一、本文據商務《太平廣記》卷二三二暨商務《舊小說》第七冊《三水小牘》校錄，予以分段，並加註標點符號。

二、《太平廣記》題名「元禎」，商務《舊小說》題名「元稹」。廣記顯是誤植。故予更正。

三、唐人好以鏡入文。若《博異志》中之「敬元穎」，《唐國史補》中之「江心鏡」等是。最早的推王度所撰〈古鏡記〉。由於古人尚未能研究物理學，見到好的鏡子能照出人物風景，不免好奇。甚至乎唐太宗寫的治國的寶典都以鏡為名，叫《金鏡書》。

四、「唐丞相」，「唐」字是後人所加上去的。原文應無「唐」字。

註釋

❶唐丞相元稹之鎮江夏也——元稹字微之，兩《唐書》均有傳。微之大曆十四年（七七九）生。十五歲明經擢第。四十四歲拜相。五十一歲任武昌軍節度使。次年薨。

❷常秋夕登黃鶴樓——常在此不是「常常」或「平常」，而是「曾經」、常與嘗通。黃鶴樓，在湖北武昌。

❸鱗鬣爪角悉具——龍的鱗、爪、角、鬣都非常清晰。

❹精巧且澤，常有光耀——非常精巧潤澤，常有光輝。

十五、王徽

唐廣明歲❶，薛能失律於許昌❷，都將周岌❸代之。

明年，宰相王徽❹過許。謂岌曰：「昔聞貴藩有部將周撞子，得非司空耶？何致此號？」

岌愧赧良久。答曰：「岌出身走卒。實蘊壯心。每有征行，不避鋒刃、左衝右捽❺，屢立微功，所以軍中有此名號。」

王笑。復謂岌曰：「當時撲落渦河裡，可是撞不著耶？」

岌頃總許卒，征涂方，為賊所敗，溺於渦水。或拯之僅免。故有是言。

校志

一、本文據《太平廣記》卷第二百五十七校錄，予以分段，並加註標點符號。

二、「唐廣明歲」，「唐」字係《廣記》編者所添加。

註釋

❶廣明——唐昭宗年號。只兩年。西元八九〇至八九一年。

❷薛能失律於許昌——「失律」，謂不奉法而行師也。許昌、今河南省許昌縣西南。薛能、字太拙，汾州人。會昌六年登進士第。咸通中，攝嘉州刺史，遷刑部郎中，同州刺史，京兆大尹，出帥威化，回朝工部尚書。節度徐州，徙鎮忠武。廣明元年，大將周岌為亂，逐薛能據城，自稱留後，殺能，并屠其家。（見《唐才子傳》）此處言「失律」，應是「失於律下」的意思。

❸周岌——見註二。

❹王徽——字昭文，京兆人。進士第，廣明元年以戶部侍郎同中書門下平章事（宰相）。

按：唐自安史亂後，姑息藩鎮。若有人殺節度使自立為「留後」，即「代理節度使」，中央多任之為節度使，甚至加司空、司徒、甚至宰相頭銜。王徽稱周岌為「司空」，可能周有司空頭銜。王徽提及周岌溺水之事，可能是輕視他屠殺主官薛能全家，言語上實有諷刺的意思。

❺左衝右捽，屢立微功——周岌作戰之時，十分勇敢，左衝右擊，奮不顧身。常立戰功，獲得「撞子」的外號。

十六、崔昭符

東都留守❶劉允章，文學之宗，氣頗高介。後進循常之士，罕有敢及門者❷。咸通中❸，自禮部侍郎授鄂州觀察使❹。

明年皮日休❺登第。將歸覲於蘇臺。路由江夏，因投刺焉❻。劉待之甚厚。至於饔餼有加等❼。留連累日，仍致宴於黃鶴樓以命之。監軍使與參佐悉集後，日休方赴召，已酒酣矣。既登樓，劉以其末至，復乘酒應命，心薄之❽。

及酒數行，而日休吐論紛擾，頓忘禮敬。

劉作色謂曰：「吳兒勿恃蕞爾之才，且可主席！❾」

日休答曰：「大夫豈南岳諸劉乎？何倨貴如是❿！」

劉大怒，戟手遙指而詬曰：「皮日休，知鸚鵡洲是彌衡死處無？⓫」

日休不敢答。但嵬峨如醉⓬，掌客者扶出⓭。翌日微服而遁于浙左⓮。

校志

一、《廣記》第二百六十五卷（崔昭符條）記皮日休事，文後注云：出《玉泉子》。其後坿本文。文後注云：「出《三水小牘》。」故本文標題應為（皮日休）。

二、商務、世界本均未列此文。

註釋

❶畱守——留、畱俗字。唐太宗親征伐高麗，置京城留守。開元以後，以西、東、北三都尹為留守。東都為洛陽。

❷劉允章——其人文學甚有名，而高傲孤介。後進平常的士人，很少敢上門拜候他。

❸咸通中——咸通、唐懿宗年號。共十四年。自西元八六〇至八七三年。

❹自禮部侍郎授鄂州觀察使——禮部侍郎一人，官階正四品下。唐代地方政制採州（郡）縣二級。所謂府、都督府、都是州的別稱。州數太多，乃分道以司監察，道置按察使。後改為採訪處置使。既又改為觀察使。治設所治之大州。鄂州：故治即今湖北省武昌縣。

❺皮日休——字襲美，湖北襄陽人。以文章自負，後為黃巢所殺。

❻將歸覲三句——因為要歸蘇臺覲見父母，經過江夏，便投送名帖（刺），請求拜會。

❼劉待之甚厚二句——劉允章厚待皮日休，送給他的酒、食都特別加等。甕、裝酒的器具。餼、活的牲口。甕餼、酒食之意。

❽心薄之——重要的官佐都到了，皮日休卻姍姍來遲，而且已有酒意。劉允章心中不快，對皮日休這種舉動，有薄怒之意。

❾劉作色三句——劉允章終於忍不住罵道：「吳地小子不可以恃小小的才氣，便自以為了不起！」

❿日休答曰三句——皮日休反駁說：「大夫（指劉允章）難道是南岳姓劉的，何以如此倨傲！」（南岳諸劉未知指誰。）

⓫劉大怒四句——劉允章大怒指著皮日休大聲罵道：「皮日休，你知道這裡的鸚鵡洲便是禰衡被處死的地方嗎？」（三國時，禰衡十分驕傲，引起曹操不快。曹操不願蒙殺名士的惡名，便打發他到江夏見黃祖，黃祖卻容不了禰衡的傲慢無禮，把他在鸚鵡洲給砍了頭。）

⓬嵬峨如醉——皮日休心生害怕，裝成一步高、一步低的醉態。

⓭掌客者扶出——因為醉了，侍候客人的侍者將他扶出去。

⓮翌日微服而遁于浙左——第二天，皮日休換上了老百姓的衣服，逃到浙江去了。浙左、浙江西邊鄰近江西的地方。

十七、捧硯

捧硯者，裴至德之家童也。其母曰春紅，配騶人❶高播而生。

（捧硯）一歲時，夏日浴之，裸臥於廊廡間❷，有卑腳犬❸曰青花，忽來，嚙兒陰食之❹。

春紅聞啼聲，狼忙而至❺。則血流盈席矣。賴至德有良藥封之，百日如故。

明年夏，寢之前軒，青花伺人隙復來❻。並卵又食訖。（兒）宛轉於地而死。又以前食之藥傳之，及愈，為宦者焉❽。字之曰捧硯。委以內豎之職❾。至光啓丙午年❿，十餘歲矣。裴使外出，遇盜於鄭郊見害。

噫。捧硯童兒也，再殘而無恙。裴以一出而不迴者，其故何哉⓫？

校志

一、本文據《太平廣記》卷第二百七十五校錄，予以分段，並加註標點符號。

二、為使文字通順，括弧內字，係編者所添。

註釋

❶騶人——馬伕。

❷裸臥於廊廡間——廊、走廊。廡、正房邊之小房間。小嬰兒未裹襁褓，躺在走廊和小房間的中間。

❸卑腳犬——可能有如今日所謂的臘腸狗，腳短短的小狗。

❹齧兒陰食之——把小嬰兒的生殖器咬下吃掉。

❺狼忙而至——匆匆忙忙趕到。狼忙，可能是當時的俗語。

❻青花伺人隙復來——卑腳狗在四顧無人的時候又來到。（按狗能吃小孩的陽具，家人居然還讓牠逍遙自在，既未撲殺，尚留養家中。似乎不可能。然而小說自是小說，不必以理推論。寫此故事者，可能認為青花和嬰兒前世有仇恨，故今世報仇！）

❼並卵又食訖——第一次囓去陽具，第二次吃去睪丸。

❽及愈，為宦者焉——（被犬吃掉陽具睪丸，至德用藥敷患處），醫好了，已成為太監了。

❾委以內竪之職——內竪，「宮中小臣，掌內外之通令。」此處意為傳達閨房內外的意見。即是內侍候夫人小姐，外侍候男主人的小僮。

❿光啟丙午年——光啟，唐僖宗年號，共三年。丙午為光啟二年。西元八八六年。

⓫捧硯再殘而無恙，一出而不回——作者認為：捧硯兩次受到狗的摧殘而居然無恙，活了下來，而一被差外出辦事，卻為強盜所殺害！這是怎麼回事呢？作者似乎暗示其中有因果報應的緣故。

十八、卻要

湖南觀察使❶李庾之女奴，曰卻要，美容止，善辭令。朔望通禮謁於親姻家，惟卻要主之，李侍婢數十，莫之偕也。而巧媚才捷，能承順顏色，姻黨亦多憐之❷。

李四子：長曰延禧，次曰延範，次曰延祚，所謂大郎而下五郎也。皆年少狂俠，咸欲蒸卻要而不能也。❸

嘗遇清明節，時纖月娟娟，庭花爛發，中堂垂繡幕，背銀缸，而卻要遇大郎於櫻桃花影中，大郎乃持之求偶。卻要取茵席授之，曰：「可於廳中東南隅，佇立相待。候堂前眠熟，當至。」

大郎既去，至廊下，又逢二郎調之。卻要復取茵席授之，曰：「可於廳中東北隅相待。」

二郎既去，又遇三郎束之，卻要復取茵席授之，曰：「可於廳中西南隅相待。」

三郎既去，又五郎遇著，握手不可解。卻要亦取茵席授之，曰：「可於廳中西北隅相待。」四郎皆去。延禧於廳角中屏息以待。廳門斜閉，見其三弟比比而至，各趨一隅。心雖訝之，而不敢發。

少頃，郤要突燃炬，疾向廳事，豁雙扉而照之，謂延禧輩曰：「阿堵貧兒，爭敢向這裡覓宿處。」皆棄所攜，掩面而走。郤要復從而哈之。自是諸子懷慚，不敢失敬。

校志

一、本文據《太平廣記》卷第二七五、世界《唐人傳奇小說》暨商務《舊小說》第七冊〈三水小牘〉校錄，予以分段，並加註標點符號。

二、第八段，商務《舊小說》作「可以廳中」，不如世界本之「可於廳中」。

三、最後一段，前二書作「郤要密然」。世界本作「郤要突然」以「突然」為是。故照改。

註釋

❶觀察使——唐代地方政制採州（郡）縣二級制，所謂都督府、乃州的別稱。州數太多，乃分道以司監察、道的長官為按察使，後改為採訪處置使，既又改為觀察使。

❷姻黨亦多憐之——憐、疼愛。

❸咸欲蒸卻要而不能也——上淫曰蒸。如：兒子姦淫父親的小妾。四個兒子都想姦淫父親的女奴卻要。

十九、侯元

侯元者，上黨郡銅鞮縣山村❶之樵夫也。家道貧窶，唯以鬻薪為事❷。

唐乾符己亥歲❸，（侯元）於縣西北山中伐薪。回憩谷口❹，傍有巨石，巍然若廈屋❺。元對之太息，恨己之勞也。

聲未絕，石砉然豁開若洞❻。中有一叟，羽服烏帽，鬚髮如霜，曳杖而出❼。

元驚愕，遽起前拜。

叟曰：「我神君也，汝何多歎❽？自可於吾法中取富貴，但隨吾來。」

叟復入洞中，元從之。行數十步，廓然清朗❾，田疇砥平❿，時多異花芳草。數里過橫溪，碧湍流苔⓫，鴛鷀泝洄其上⓬。長梁夭矯如晴虹焉⓭。過溪北，左右皆喬松修篁⓮，高門渥丹，臺榭重複⓯。引元之別院，坐小亭上。簷楹階砌，皆奇寶煥然⓰。及進食行觴，復目皆未睹也。食畢，叟退。

少頃，二童揖元詣便室，具湯沐，進新衣一襲。冠帶竟，復導至亭上⓱。

叟出，命僕設淨席於地，令元跪席上。叟授以秘訣數萬言，皆變化隱顯之術。元素蠢戇，至是一聽不忘⑱。

叟誡曰：「汝雖有少福，合於至法進身。然面有敗氣未除，亦宜謹密自固。若圖謀不軌，禍必喪生。且歸存思。如欲謁吾，但至心叩石，當有應門者。」元因拜謝而出，仍令一童送之。既出，洞穴遂泯然如故⑲，視其樵蘇已失⑳。

至家，其父母兄弟驚喜，曰：「去一旬，謂已碎於虎狼之吻。」元在洞中，如一日耳。又訝其服裝華潔，神氣激揚㉑，元知不可隱，乃謂其家人言之。遂入靜室中，習熟其術，朞月而術成㉒，能變化百物，役召鬼魅，草木土石，皆可為步騎甲兵。於是悉收鄉里少年勇悍者為將卒，出入陳旌旂幢蓋，鳴鼓吹，儀比列國焉。自稱曰賢聖，官有三老、左右弼、左右將軍等號。每朔望，必盛飾往謁神君，神君必戒以無稱兵，若固欲舉事，宜待天應。

至庚子歲㉓，聚兵數千人，縣邑恐其變，乃列上㉔。上黨帥高公尋命都將以旅討之。元馳謁神君請命，神君曰：「既言之矣，但當偃旗臥鼓以應之。彼見兵威若是，必不敢內薄而攻我㉕。志之，慎勿輕接戰。」

元雖唯諾，心計以為我奇術制之有餘，且小者不能抗，後其大者若之何？復示衆以不武也。

既歸，令其黨戒嚴。

是夜，潞兵去元所據險三十里，見步騎戈甲蔽山澤。甚難之。明方陣以前。元領千餘人直突之。先勝後敗，酒酣被禽至上黨，縶[26]之府獄。嚴兵圍守。旦視枷穽中，唯燈臺耳，失元所在。

（元）夜分已達銅鞮，涇詣神君謝罪。君怒曰：「庸奴，終違我教。今日雖幸而免斧鑕，亦行將及矣。非吾徒也。」不顧而入，鬱悒趨出。後復謁神君，虔心叩石，石不為開矣。而其術漸歇。猶為其黨所說。是秋率徒掠并州[27]之大谷，而并騎適至，圍之數重。術既不神，遂斬之於陣。其黨乃散歸田里焉。

校志

一、本文據《太平廣記》卷第二八七暨商務《舊小說》第七冊〈三水小牘〉校錄，予以分段，並加註標點符號。

二、為使文字通順，括弧中字係編者所添。

三、「唐乾符」、「唐」字後人添加。

註釋

❶上黨郡銅鞮縣山村之樵夫——上黨、今山西省東南部之地，其地甚高，古有與天為黨之說，故名上黨。今名長治縣。《唐書》卷三十九〈地理三〉：潞州上黨郡。洽十縣，銅鞮其一，為上縣。

❷家道貧寠，唯以鬻薪為事——寠、ㄌㄡˋ。窮得沒錢買禮物。貧寠家無餘財，賣薪柴為生。

❸唐乾符己亥歲——乾符，唐僖宗年號，共六年。自西元八七四年至八七九年。己亥為乾符六年。即西元八七九年。

❹憩谷口——憩：歇息。回程在谷口休息。

❺巍然若廈屋——高高的很像大廈。

❻石砉然豁開若洞——砉然、砉一下開開來像一個山洞。

❼羽服烏帽，髯髮如霜，曳杖而出——一個老者，頭髮鬍鬚全白，戴着黑色帽子，穿着道士衣服，拄着枴杖走出來。

❽汝何多歎——歎、吃不飽。何多歎，為何有這麼些不滿呢？

❾廓然清朗——境地寬大明麗。

❿田疇砥平——田地十分平整。

⓫碧湍流苔——急流曰湍，流過苔岸。

⓬鴛鷁泝洄其上——應該是「泝洄其上」。泝洄、逆流而上曰泝洄。鴛、鴛鴦。鷁、一種水鳥。

⓭長梁夭矯如晴虹焉——梁、橋。夭矯、伸展自如，郭璞〈江賦〉：「吸翠霞而夭矯。」李善註云：「夭矯，自得之貌。」此地謂長橋自得自在的伸展在晴空，有如晴天的虹。

⓮喬松修篁——篁、竹子。高聳的松樹，修長的竹子。

⓯高門渥丹，臺榭重複——謂朱漆高門，多有臺榭。

⓰簷楹階砌，皆奇寶煥然——屋簷楹柱，乃至於階砌，都有珠寶光彩。

⓱具湯沐，進新衣一襲。冠帶竟，復導至亭上——給預備洗澡水。呈上新衣一套。衣冠整齊之後，再引導到亭上。

⓲元素蠢戇，至是一聽不忘——侯元本來愚笨，到這裡卻一聽就能記得。

⓳洞穴遂泯然如故——泯、滅。洞穴完全消失不見了。

⓴樵蘇已失——樵、所採的柴。蘇、所蒐的草。

㉑又訝其服裝華潔，神氣激揚——侯元的服裝華麗乾淨，而且神彩飛揚，家人都覺得訝異。

㉒朞月而術成——一個月，便把老人教的法術全學好了。

㉓至庚子歲——庚子為僖宗廣明元年，西元八八〇年。即侯元學得法術的次一年。

㉔縣邑恐其變，乃列上——列、陳。縣邑恐生變，因而向上陳報。

㉕彼見兵威若是，必不敢內薄而攻我——他們看到我們的兵威如此，必不敢內心瞧不起我們而發動攻擊我方。

㉖縶——囚拘也。

㉗并州——約當今山西省北部地。

二十、李仲呂

姑臧李仲呂❶，咸通末❷，調授汝之魯山令❸。為政明練，吏不敢欺❹。遇旱，請禱群望，皆不應。

仲呂乃潔齊齋，自禱於縣二十里魯山堯祠，以所乘烏馬及騶人張翰為獻。祭畢，將下山，雲霧暴起，及平澤而大雨，僕馬皆暴殞。

於是仲呂復設祭，圖僕馬於東壁。

校志

本文據《太平廣記》卷第三百一十二校錄，予以分段，並加註標點符號。

註釋

❶姑臧李仲呂——姑臧、舉郡望。如「太原王富」、「博陵崔護」。

❷咸通末——唐懿宗咸通共十四年。自西元八六〇至八七三年。

❸調授汝之魯山令——調任汝州魯山縣的縣令。

❹為政明練，吏不敢欺——作事精明幹練，手下官吏沒有人敢欺瞞他。

二十一、夏侯禎

汝州❶魯山縣西六十里，小山間有祠。曰女靈觀。其像獨一女子焉，低鬟嚬娥，艷冶而有怨慕之色❷。祠堂後平地，左右圍數畝。上擢三峯❸。皆十餘丈。森如太華❹。父老云：「大中初❺，斯地忽暴風疾雨，一夕而止，遂有此山。其神見形於樵蘇❻者曰：『吾商於之女也❼，帝命有此百里之境。可告鄉里，立祠於前山，山名女靈，吾持來者也❽。』」

咸通末❾，縣主簿❿皇甫枚，因時祭，與友人夏侯禎偕行。祭畢，與禎縱觀。禎獨眷眷不能去⓫。乃索巵酒酹⓬曰：「夏侯禎少年未有匹偶。今者仰覩靈姿。願為廟中掃除之隸。」既舍爵乃歸。

其夕。夏侯生惝怳不寐⓭。若有陰物所中。其僕來告，枚走視之，則目瞪口噤⓮，不能言矣。謂曰。得非女靈乎。禎頷之。

枚命吏禱之曰：「夏侯禎不勝醆斝之餘⓯。至有慢言。黷於神聽。今疾作矣。豈降之罰耶？抑果其請耶⓰？若降之罰，是以一言而斃一國士乎。違好生之德。當專戮之辜⓱。帝豈不降鑒，而使神滋虐於下乎⑱。若果其請，是以一言舍貞靜之道，播淫佚之風；念張碩而動雲軿，顧交甫而解明珮。若九閽一叫，必貽幃⑲薄不修之責言。況天下多美丈夫，何必是也。神其聽之。」

奠訖，夏侯生康豫如故⑳。

校志

本文據《太平廣記》卷三一二暨商務《舊小說》第七冊《三水小牘》校錄，予以分段，並加註標點符號。

註釋

❶汝州——唐汝州，轄魯山、郟、寶豐、伊陽四縣。今為河南臨汝縣。

❷低鬟顰娥，艷冶而有怨慕之色——形容女神俯首顰眉，姿容艷冶，而又有「但見淚痕濕，不知心恨誰」的怨恨的樣子。

❸上擢三峯——擢、拔起。三峯由地拔起。
❹森如太華——太華，即華山。以其西南有少華山，故又名太華。森、森嚴。
❺大中初——大中，唐宣宗年號。共十三年。自西元八四一年至八五九年。
❻樵、蘇——樵、取薪也。蘇、取草也。薪、草，都用來起火煮飯菜。
❼吾商於之女也——商於、古地名。在今河南。
❽山名女靈，吾持來者也——意謂暴風雨後突然拔起的三峯，是他拿過來的。山名女靈。
❾咸通末——咸通、唐懿宗年號。共十四年，自西元八六〇年至八七三年。
❿縣主簿——唐縣長官為令，其下有丞一人。主簿一人。尉二人。上縣之主簿官階為正九品下。令為今日之縣長。丞為副縣長。主簿類似主任秘書。
⓫禎獨惷惷不能去——夏侯禎看到女神艷冶怨慕的樣子，不禁起了惷慕之心，不能即時捨去。
⓬乃索巵酒酹曰——因而要了一杯酒，以酒沃地祭神而禱告說。
⓭惝怳不寐——惝怳、失意的樣子。
⓮目瞪口噤——噤、閉口。目瞪口呆，說不出話來。
⓯不勝醆斝之餘——醆通琖。爵也。斝、音賈。玉爵也。夏曰醆，殷曰斝。周曰爵。都是酒杯一類的東西。不勝醆斝、不勝酒力也。
⓰豈降之罰耶？抑果其請耶？——是（因為他的話）罰他嗎？還是答應他的請求呢？
⓱違好生之德。當專戮之辜——違背了上帝好生之德，而犯了專制殺戮的罪。辜、罪。
⓲帝豈不降鑒，而使神滋虐於下乎——難道上帝不察看，一任神在人間肆虐嗎？
⓳若果其請七句——若是神應其所請，那可是一言而捨棄貞潔之道，散播淫蕩的風氣。不免貽幃簿不修之譏。

⑳奠訖，夏侯生康豫如故——祭奠完畢，夏侯禎也康復如初了。

備註：又，張碩舉仙女杜蘭香降凡嫁張碩為妾故事，見《廣記》卷二七二、交甫解珮也是類似故事。

二十二、徐煥

弋陽❶郡東南，有黑水河。河濱有黑水將軍祠❷。

太和中❸，薛用弱自儀曹郎出守此郡❹。為政嚴而不殘。一夕，夢贊者❺云：「黑水將軍至。」

延之，乃魁岸丈夫。鬚目雄傑，介金附鞬❻。

既坐。曰：「某頃溺於茲水。自以秉仁義之心，得展上訴於帝❼。帝曰：『爾陰位方崇❽。』遂授此任。郎中❾可為立祠河上，當保佑斯民。」言訖而寤。遂命建祠設祭。水旱災沴，禱之皆應❿。

用弱有葛谿寶劍，復夢求之，遂以為贈。仍剳神前柱⓫，並匣寘之。外設小扉，加扃鐍焉⓬。

乾符戊戌⓭歲，大理少卿⓮涂煥，以決獄平允，授弋陽郡。秋七月出京，時方霖霪⓯，東道泥濘。歷崤函，度東周，由許蔡，略無霽日⓰。既渡長淮，宿於嘉鹿館，則弋陽之西境也⓱。

時方苦雨淒風，徒御多寒色⑱。煥具酒祈之，其夕乃霽⑲。煥由是加敬，每春秋常祀，必躬親（為）之。

明年冬十月，賊黨數千人，來攻郡城。煥堅守，城不可拔，（賊）乃引兵西入義陽。時有無賴者，以廟劍言於賊裨將。將乃率徒，破柱取去。既而曉出縱掠，氣霧四合，莫知所如。忽遇一樵童，遂執之，令前導。既越山，霧開，乃義營張周寨也。卒與賊遇，盡殺之。張周親擒其首，解其劍，復歸諸廟，至今時享不廢。

校志

本文據《太平廣記》卷第三百一十二校錄，予以分段，並加註標點符號。

註釋

❶弋陽——弋陽有二。一在陝西，一在江西。

❷河滑有黑水將軍祠——河滑、水岸也。水邊。

❸太和中——太和文宗年號，共九年。自西元八二七至八三五年。
❹薛用弱自儀曹郎出守此郡——薛用弱，字中勝，長慶光州刺使。儀草郎、禮部侍郎。
❺贊者——禮賓官之類。
❻鬚目雄傑，介金附韃——鬚目雄傑、示有英雄氣概。介金附韃，此句費解。介、大也。韃、盛弓箭之物。
❼上訴於帝——帝在此為玉帝。
❽陰位方崇——在陰世之地位很高。
❾郎中——若薛用弱是郎中調任弋陽守，則前說儀曹，則係指禮部的郎中，較侍郎位階略低。
❿水旱災沴，禱之皆應——洪水、乾旱、災害，祈禱都能回應。沴、水不利，氣不合，都叫沴。災沴、災害。
⓫刳神前柱——刳、剖其中而空也。把柱子刳空，把劍連劍匣都放在裡面。
⓬外設小扉加扃鐍焉——外面裝設小門，加上鎖。扃鐍、箱篋之關鎖處。鐍、音決。有舌之環。
⓭乾符戊戌歲——乾符年號。共六年。自西元八七四年至八七九年。戊戌為乾符五年。
⓮大理寺少卿——唐中央政府，包括三省，一台，九寺、四監、十二衛。大理寺掌邦國折獄詳刑之事。寺有卿一人，從三品。少卿二人，從四品上。
⓯霖霪——久雨。
⓰歷崤函，度東周——崤山、函谷關之東端。崤函、一作殽函，即函谷，經東周、許州、蔡州，多少天都沒晴過。
⓱既渡長淮宿於嘉鹿館，則弋陽之西境——渡過淮河，在嘉鹿館歇息，已是弋陽的西境了。由此，我們斷定：此處所說之弋陽，當係陝西之弋陽。
⓲時方苦雨淒風，徒御多寒色——他們七月離京。到弋陽，可能是八九月，秋深之際。一路淒風苦雨，僕從

車伕都覺得有寒意。

⓳煥具酒祈之，其夕乃霽——此處應該是「煥具酒至黑將軍祠」祈之。徐煥向黑水將軍祈禱之後，雨便停了。

二十三、董漢勛

汝墳部將董漢勛，善騎射，力兼數人，趫捷能鬬❶。累戍於西北邊，羌人憚之❷。乾符丙申歲❸，為汝之龍興鎮將。

忽一日，謂其妻曰：「來日有十餘故人相訪，可豐備酒食。」其家以為常客也，翌日，盛設廳事。至辰巳間❹，漢勛束帶，出鎮門，向空連拜，或呼行第，或呼字❺，言笑揖讓而登廳。其家大愕，具酒食，若陳祭焉❻。

既罷，其妻詰之❼。

漢勛曰：「皆曩日邊上陣沒同儕也。久別一來耳。何異之有？」後漢勛終亦無恙。

至明年秋八月晦❽，青土賊王仙芝數萬人奄至❾。時承平之代，郡國悉無武備。是日，郡選銳卒五百人，令勇將爨洪主之❿。出郡東二十里苦慕店，盡為賊所擒。唯一騎走至郡。郡人大驚。遂閉門登陣，部分固守。漢勛以五百人據北門。

九月朔旦，賊至合圍，一鼓而陷南門，執太守王鐐。漢勛於北門，乘城苦戰。中矢者皆應弦飲羽，所殺數十人，矢盡，賊已入。漢勛運劍，復殺數十人。劍既折，乃抽屋椽⓫擊之，又殺數十人。日上飢疲，為兵所殪⓬，賊帥亦嗟異焉。

校志

本文據《太平廣記》卷三五一暨商務《舊小說》第七冊《三水小牘》校錄，予以分段，並加註標點符號。

注釋

❶汝州部將董漢勛，力兼數人，趫捷能鬭——汝洲，今河南臨汝縣。力兼數人，示力大過常人。趫捷、趫、善走。善攀爬。捷，勝。快速、能鬥，善戰。

❷羌人憚之——西方之番人。俗稱西羌。董漢勛力大善鬥有名，故羌人憚他、怕他。

❸乾符丙申歲——乾符、唐僖宗年號。共六年。丙申為乾符三年。西元八七六年。

❹辰巳間——古時一日為十二時辰。辰巳為早晨九至十一點鐘之時。

❺或呼行第，或呼字——稱行第，如張老三，王四哥。呼字，如稱李白曰「太白兄」。稱杜甫為「子美老弟」。

❻具酒食，若陳祭焉——不像酒宴，好似擺祭品。
❼其妻詰之——詰、問。他的妻子問他是怎麼回事。
❽八月晦——八月末。
❾青上賊數萬人奄至——奄、忽然。奄至，突然來了！
❿令勇將爨洪主之——令勇將爨洪帶領。爨、音竄。姓也。蠻族。
⓫屋椽——椽、音船。架在屋樑上承瓦的木條。
⓬殪——殺。

二十四、游氏子

許都城西之北陬❶，有趙將軍宅。主父既沒，子孫流移，其處遂凶，莫敢居者。親近乃牓於里門❷曰：「有居得者，便相奉。」

乾符初❸，許有游氏子者，性剛悍，拳捷過人，見牓曰：「僕猛士也，縱奇妖異鬼，必有以制之。」時盛夏，既夕，攜劍而入。室宇深邃，前庭廣袤❹，游氏子設簟庭中，絺綌而坐❺。

一鼓盡，闃寂無驚❻，游氏子倦，乃枕劍面堂而臥。再鼓將半，忽聽軋然開後門聲，蠟炬齊列，有役夫數十，於堂中洒掃。闢前軒，張朱簾繡幕，陳筵席寶器，異香馥於簷楹。遊子心謂此小魅耳未欲迫之，將觀其終。

少頃，執樂器，紆朱紫者數十輩，自東廂升階，歌舞妓數十輩自後堂出，入於前堂。紫衣者居前，朱綠衣白衣者次之，亦二十許人。言笑自若，揖讓而坐。於是絲竹合奏，飛觴舉白，歌舞間作。

游氏子欲前突，擒其渠魁。將起，乃覺髀間為物所壓，冷且重，不能興。欲大叫，口哆而不能聲。但觀堂上歡洽，直至嚴鼓。席方散，燈火既滅，寂爾如初。

游氏子駭汗心悸，匍伏而出。至里門，良久方能語。其宅後卒無敢居者。

校志

一、本文據《太平廣記》卷三五二暨商務《舊小說》第七冊《三水小牘》校錄，予以分段，並加註標點符號。

二、第三段商務本作「 寂」，《廣記》作「闃寂」以「闃寂」為是。

註釋

❶許都城西之北陬——許、在今山東臨沂。北陬、北隅。

❷牓於里門——在里門上貼告示。

❸乾符初——乾符、唐僖宗年號。共六年，自西元八七四至八七九年。

❹室宇深邃，前庭廣袤——邃、深遠貌。袤音茂。長為袤，闊為廣。

❺絺綌而坐——絺、草葛也。音癡。精曰絺。麤曰綌、綌、音隙。粗葛。

❻闃寂無聲——闃、靜也。

二十五、皇甫枚

光啓中，僖宗在梁州❶。秋九月，皇甫枚將赴調行在。與所親裴宜城者偕行。

十月，自相州西抵高平縣❷。縣西南四十里，登山越玉溪。其日行旅稍稀，煙雲晝晦，日昃風勁❸。惑於多歧❹，上一長坂❺。下視有茅屋數間，槿籬疏散❻，其中有喧語聲❼，乃延望❽之。

少頃，有村婦出自西廂之北，著黃故衣❾，蓬頭敗屨❿。連呼之不顧，但俛首而復入⓫。（枚等）乃循坂東南下，得及其居，至則荊扉橫葛，縈帶其上⓬，茨棘羅生於其庭⓭，略無人蹤，如涉一二年者矣⓮。

枚與裴生，愕立久之。復登坂長望，見官道有人行，乃策蹇驢赴之⓯。至則郵吏將往端氏縣者也。乃與俱焉。

是夜宿端氏。

校志

本文據《太平廣記》卷三百五十三校錄，予以分段，並加註標點符號。

註釋

❶光啟中僖宗在梁州——光啟共三年，自西元八八五年至八八七年。梁州、山南西道採訪使府治所在。今湖北省境。赴調——去接受調任。
❷自相州西抵高平縣——相州，約當今河南省安陽縣。
❸煙雲晝晦，日昃風勁——雖是白晝，卻雲煙晦暗。日過午之後，又起了勁風。
❹惑於多歧——古云：「多歧亡羊」。岔路太多，令人困惑，不知走那一條路好。
❺上一長坂——坂、阪俗字。崎嶇不平的地。斜地。「如阪上走丸」謂乘勢便易。
❻槿籬疏散——木槿，古多種之為藩籬。唐詩：「槿籬芳援近樵家。」疏散、謂稀稀散散的。
❼有喧語聲——有喧嘩的人語聲。
❽延望——延頸遙望。伸長脖子觀望。
❾著黃故衣——穿黃色舊衣服。

❿蓬頭敗屨——頭髮蓬亂未梳，穿一雙破爛鞋子。

⓫俛首復入——低著頭又進去了。俛首、俯首。俛、音府。

⓬荊扉横葛縈帶其上——葛、多年生蔓草。荊扉上葛蔓横生，爬滿左右。

⓭茨棘羅生於其庭——庭中長滿了雜草。茨、可蓋屋的茅草。棘、一種多刺的灌木。

⓮略無人蹤，如涉一二年者矣——好似一兩年都沒人住過。

⓯策蹇驢赴之——因之騎了破驢子前往。蹇、本是跛足。此處不過說所騎的是極其平常的牲口。不是駿馬。

二十六、陳璠

陳璠者，沛❶中之走卒也。與故余帥時溥，少結軍中兄弟之好。及溥為支辟所任，璠亦累遷右職❷。黃巢之亂，支辟簡勁卒五千人，命溥總之而西。璠為次將❸。

溥自許昌趨洛下❹，璠以千人反平陰❺。溥乃矯稱支命，追兵迴，於是引師與璠合，屠平陰❻。掠圃田而下❼。及沛，支慮其變，郊勞及解甲。盛設厚賂之❽。

（溥）乃令所親諷支曰：「軍中不安，民望見追，且請公解印。以厭眾心❾。」

支力不能制，乃率其孥，出居大彭館❿。溥稱留後。

璠謂溥曰：「支尚書惠及沛人，若不殺之，將貽後悔。」

溥不可。璠固請。與溥往復十餘翻。

溥怒曰：「自看自看！⓫」

璠乃詐為溥命。謂之曰：「請支行李歸闕下⓬。」

支以為誠也，翌日遂發。璠伏甲於七里亭，至則無少長皆殺之。沛人莫不流涕。

其後浦受朝命，乃表璠為宿州太守⑬。

璠性殘酷喜殺，復厚斂淫刑。百姓嗟怨。五年中，貲賄山積⑭。浦惡之。乃命都將張友代璠。

璠怒，不受命。友至，處別第。以俟璠出。

璠夜率麾下五百人圍友。遲明，友自領驍果百餘人突之。璠潰。與十餘人騎走出數十里。從騎皆亡，璠乘馬微服乞食於野。野人有識之者，執以送。友縶之，馳白浦，浦命斬之於郡。

璠本麤悍木朴，不知書⑮，臨刑，忽索筆賦詩曰：

積玉堆金官又崇，禍來倏忽變成空。五年榮貴今何在。不異南柯一夢中⑯。

時以為鬼代作也。

校志

本文據《太平廣記》卷第三百五十三校錄，予以分段，並加註標點符號。

註釋

❶沛——沛、沛郡。當今安徽省宿縣左近。

❷浦為支辟所任，播亦累遷右職——支辟，不知何許人。時浦與陳播既結為軍中兄弟。時浦獲重任，播當然也升官。遷右職，和左遷相對。左遷是降職，右遷便是升官。

❸播為次將——浦為長官，播為其副。

❹許昌——今河南許昌縣。

❺平陰——今山東平陰縣。

❻屠平陰——屠、屠城。殺其民，毀其城。

❼掠圃田而下——圃田，在今河南中牟縣左近。

❽支慮其變三句——支辟恐怕浦、播二人可能變叛，特地到郊外迎接勞軍，盛宴款待厚予賂賜。

❾浦乃令所親諷支五句——時浦叫親信向支辟傳話，說是軍中不安，請他解印綬，厭軍心。按：唐自安使亂後，藩鎮跋扈。藩鎮又常被部下所弒，或所逐。如淄青節度使侯希逸。他夫人的親姪子李正己把他趕走，朝廷便任他為淄青節度使。政府姑息叛將到如此地步，支辟當然也成了被害者。他被趕走了，「浦稱留後」。「留後也者，即係「代理節度使」」。結果，朝廷便將他封為節度使！

❿支不能制四句——支辟力不能壓制浦等，只好乖乖的帶了妻孥等，遷出官邸。由浦自稱留後。

⓫浦怒曰：「自看自看！」——時浦總算還有一點點良心。陳播卻完不顧支辟所給的恩惠，一定要殺支辟。

和時浦爭辯。最後，時浦發脾氣：陳璠表面上不敢反對，卻私下還是我行我素，殺了支辟全家。

⓬請支行李歸闕下——請支帶著家眷細軟回京城。

⓭其後浦受朝命——果然，時浦便得到朝廷的任命，成了新的節度使了。為了安撫陳璠，他表請派陳璠為宿州太守。宿州，今山東東平縣附近地。

⓮璠性殘酷喜殺五句——陳璠為人極其殘酷，好殺人，用酷刑，而又十分貪婪斂財，百姓苦不堪言。作了五年太守，貪的賄賂貲財堆得山一樣高。

⓯璠本麤悍木朴，不知書——陳璠本性粗暴強悍，卻是木訥，土頭土腦。根本不懂得書。

⓰南柯一夢——傳奇：淳于棼夢見入槐安國，招駙馬，任南柯太守，歷盡一生，醒來卻是一個夢。夢中竟歷了一生！

二十七、秄兒

彭城劉刺夫。會昌中，進士上第❶。大中❷年，授鄠縣尉卒❸。妻王氏，歸其家。居洛陽敦化里第禮堂之後院。

咸通丁亥歲❹，（王氏）夜聚諸子姪傳鉤❺，食煎餅。廚在西廂。

小僮秄兒，持器下食。時月晦雲慘，指掌莫分❻。秄兒者，忽失聲撲地而絕❼。秉炬視之，則體冷面黑。口鼻流血矣❽。擢髮灸指，少頃而蘇❾。復令數夫束緼火循廊之北，於倉後得所持器❿。倉西則大廁，廁上得一煎餅。溷⓫中復有一餅焉。

校志

一、本文據《太平廣記》卷第三百六十六校錄，予以分段，並加註標點符號。

二、括弧內字為編者所添加，以使文氣更為流暢。

三、秄、音子。

注釋

❶彭城劉剌夫。會昌中，進士上第——彭城、郡望。如隴西李益。博陵崔護。會昌、唐武宗年號。共六年。自西元八四一至八四六年。

❷大中年——大中、唐宣宗年號，共十三年。自西元八四七至八五九年。

❸授鄠縣尉卒——鄠、音戶。在長安西南。通常，士子進士及第，再經由禮部的書判試及格，便分發，從縣尉作起。

❹咸通丁亥歲——為唐懿宗咸通八年。西元八七六年。

❺傳鈎——酒宴中的遊戲。李商隱詩：「隔座傳鈎春酒暖，分曹射覆蠟燈紅。」

❻時月晦雲慘，指掌莫分——其時是晦日，月亮完全沒有了，烏雲慘黑，手指和掌都看不清楚。

❼失聲撲地而絕——忽然失聲大叫，而後就悶過去了。

❽秉炬視之三句——點了火把照看，小童面黑，身體冰冷，而且口鼻都流血。

❾擢髮灸指，少頃而蘇——抓頭髮，灸手指，一會兒才醒過來。

❿束緼火循廊之北，於倉後得所持器——持火繩沿廊北面尋找。在倉後找到秄兒所持用的器皿。

⓫溷——音混。茅坑。廁所。

二十八、李約

咸通丁亥歲❶，隴西李夷遇為邠州從事❷。有僕曰李約，乃夷遇登第時所使也。愿捷善行❸，故常令郵書入京❹。

其年秋七月，李約自京還邠，早行數坊鼓始絕❺。倦憩古槐下。時月映林杪，餘光尚明。有一父皤然，傴而曳杖❻，亦來同止。既坐而呻吟不絕。良久謂約曰：「老夫欲至咸陽，則蹣跚❼不能良行。若有義心，能負我乎？」

約怒不應，父請之不已。約乃謂曰：「可登背。」父欣然而登。

約知其鬼怪也，陰以所得哥舒棒❽，自後束之而趨。時及開遠門，東方明矣。父數請下。

約謂曰：「何相侮而見登？何相憚而欲舍？」束之愈急。父言語無次，求哀請命。約不答。忽覺背輕，有物墜地。視之，乃敗柩板也❾，父已化去。擲於里垣下，後亦無咎❿。

校志

本文據《太平廣記》卷三六六暨商務《舊小說》第七冊《三水小牘》校錄，予以分段，並加註標點符號。

註釋

❶咸通丁亥——為唐懿宗咸通八年，西元八六八年。

❷隴西李夷遇為邠州從事——唐人好冠郡名。如：太原王宙。隴西李益。按：唐以崔、盧、李、鄭、王五姓為大士族。若其人官卑職微，對人自稱，五姓人好冠郡姓而不冠官銜。李的郡姓，有隴西郡、趙郡。邠州：邠、音彬。唐邠州，屬陝西省。

❸愿捷善行——愿、謹慎。捷、敏捷。善行、很會跑路。很會行走。

❹常令郵書入京——常差他送信到京城。

❺坊鼓始絕——古時用鼓報更。五鼓，即五更。坊間鼓聲已絕，即係五鼓已過，天亮了。

❻一父皤然，傴而曳杖——有一老父，白髮皤然，又駝、又拄杖而來。

❼蹣跚——蹣、音盤。蹣跚、跛行貌。

❽哥舒棒——未識何物。按哥舒為部落名，屬西突厥。唐時大將哥舒翰即哥舒部人。

❾柩板——棺材板。

❿後亦無咎——其後也沒事。

二十九、張謀孫

廣州副使張謀孫，雖出於闒茸❶，有口辯，善心計❷，累為王府參佐❸。咸通初❹。從交廣辟，遂為元寮❺。性貪侈，聚斂不倦。南海多奇貨，若犀象珠貝之類❻，不可勝計。及府罷北歸，止於汝墳❼。於郡西三十里鬱陽驛南，汝水之上，搆別業。窮極華敞。常鑿一池❽，欲北引官渠水漲之。

或曰：「此處今年太歲所在也❾。」

謀孫誡役夫曰：「掘得太歲則止。」

明日及泉，獲一土囊。破之，中有物升餘。色白，如粟粒，忽跳躍四散而隱。

謀孫遂中暴病，信宿而死❿。

校志

明鈔本《廣記》註云：「出《三水小牘》。」本文據《廣記》卷三百六十六校錄，予以分段，並加註標點符號。

註釋

❶雖出於闒茸——闒茸、猥賤之稱。
❷有口辯，善心計——很會說話。很會算計。（心眼很多。）
❸累為王府參佐——一直在王府中任參謀佐理的工作。
❹咸通初——咸通、唐懿宗年號。共十四年，自西元八六〇年至八七三年。
❺交廣——交州。領南海、鬱林、蒼梧、交趾、合浦、九真、日南等七郡。廣州、秦漢時為南海郡。從辟，唐時，如節度使等高階臣子。可辟用官僚。如韓愈吏部試三試未及格，由節度副大使董進辟為判官，由此入仕。謀孫有口才，有心計，便脫穎而出，成了元寮。寮、佐都是屬官。元寮，地位最高的僚佐。
❻犀、象、珠、貝——指犀牛角、象牙、珍珠、珊瑚之類。

❼汝墳——汝水河畔。此處為地名。

❽常鑿一池——常、嘗。曾經。古「常」「嘗」通用。

❾太歲所在——《周禮春官》注云：「太歲在地，與天上歲星相應而行。歲星為陽，人之所見，太歲為陰，人所不睹。」俗說：「太歲頭上動土。」太歲所在地，不可挖土。

❿謀孫遂中暴病，信宿而死——謀孫因為在太歲頭上動土。再宿為信。杜甫詩：「信宿漁人猶泛泛。」

三十、張應

唐張應，自滎陽被命至河內郡❶。涉九鼎渡，所乘小駟驚逸❷。及北岸，視後足有物縈繞，狀如大螾，絳色❸。乃抽佩刀，斷於地。輙復相續❹，緊縮如白角櫛❺，紅影若縷，橫絡之，遂寘諸囊中。

事畢而還，復渡河。至平陰❻。天景歊蒸❼，憩於園井。就之盥濯❽。因與園叟話之，取角櫛置盆水上。忽然黑氣勃興，濃雲四合。狂電震霆，雨雹交下❾。食頃方霽。盆涸而櫛已亡❿。

校志

一、本文據《太平廣記》卷第三百九十五校錄，予以分段，並加註標點符號。

二、「唐張應」，「唐」字是後人所加。《廣記》卷第一百，第一百一十三，一百六十一，都有「張應」。一百一十三中說「晉張應，歷陽人。」一百六十一中也說：「晉歷陽郡張應。」

註釋

❶自滎陽被命至河內——滎陽、今河南滎陽縣西。河內郡、今河南省黃河以北地。
❷所乘小駟驚逸——所乘的小馬被驚而逸出大路。
❸狀如大蟥，絳色——後腳被蟥一樣的東西纏繞著。蟥、音引。蚯蚓、絳色、深紅色。
❹抽刀斷於地，輒復相續——抽刀把「蚯蚓」砍斷，「蚯蚓」自己會再接起來。
❺緊縮如白角櫛——白角櫛，不識為何物。櫛、梳子。
❻平陰——今河南孟津縣。
❼歊蒸——歊ㄒㄧㄠ，音消。歊蒸，雲氣上出。《漢書．楊雄傳》：「泰山之高，不嶕嶢則不能浡滃雲而散歊蒸也。」
❽憩於園井，就之盥濯——在一個（果菜）園的井邊休息，就井水洗臉濯腳。
❾忽然四句——忽然有黑氣自盆水中興起，濃雲四佈，狂雲閃電，雨雹交加。
❿食頃方霽，盆涸而櫛已亡——一頓飯功夫才回晴。盆中的水乾了，梳子也不見了。

三十一、衛慶

衛慶者，汝墳編戶也❶。其居在溫泉，家世遊墮❷，至慶乃服田❸。嘗戴月耕於村南古項城之下❹，倦憩荒陌。忽見白光焰焰起於壠畝中，若星流。慶掩而得之。遂藏諸懷。曉歸視之，乃大珠也。其徑寸五分，瑩無纖翳❺，乃裹以縑囊，緘以漆匣❻。曾示博物者，曰：「此合浦之寶也❼，得蓄之，縱未貴，而當富矣。」

慶寶之，常置於臥內。

自是家產日滋❽，飯牛四百蹄❾，墾田二千畝。其餘絲枲他物稱是。十年間，鬱為富家翁❿。至乾符末⓫，慶忽疾。雖醫巫並進，莫有徵者。踰月，病且亟。忽聞枕前鏗然有聲。慶心動，使開匣，珠有璺若縷，色如墨矣⓬。數日而卒，珠亦亡去。

自是家日削，子寖不肖，貨鬻以供蒱酒之費⓭。未釋服，室已如懸磬矣⓮。

校志

本文據《太平廣記》卷四〇二暨商務《舊小說》第七冊《三水小牘》校錄，予以分段，並加註標點符號。

註釋

❶編戶——民戶編列於冊籍，謂之編戶。《漢書．高帝本紀》：「諸將故與帝為編戶民。」唐代有奴婢，編戶民有別於奴婢。

❷家世遊墮——家世不事生產。

❸服田——種田。

❹戴月耕於古項城之下——春秋有項國。其地漢置項縣。地在今河南。戴月、披星戴月，指夜間力田。

❺瑩無纖翳——光瑩剔透，沒有一點微小的瑕疵。

❻乃裹以縑囊，緘以漆匣——把珠子放在高貴的絲束中，封鎖在漆盒之中。

❼合浦之寶也——廣東合浦產珍珠。

❽家產日滋——家產日有增益。

❾飯牛四百蹄——一牛四蹄，四百蹄，即一百頭。養了一百頭牛。

❿鬱為富家翁——鬱、增、積。積成富家翁。

⓫乾符末——唐僖宗乾符共六年。自西元八七四至八七九年。

⓬珠有璺若縷，色如墨矣——璺、音問。裂也。珠裂成線，而且顏色黑黑。

⓭貨鬻以供蒱酒之費——賣家產以供賭博、酗酒。樗蒲，古博戲。

⓮未釋服，室已如懸磬矣——三年的服喪期未滿，家已一貧如洗，空無所有了。

三十二、韋玭

韋玭，小逍遙公之裔❶，世居孟州汜水縣莊❷。性不喜書，好馳騁田弋❸，馬有蹄齧不可羈勒者，則市之❹。

咸通末❺，因來汜水，飲於市。酣歌之際，忽有鬻白馬者❻，曰：「此極駔駿❼。」玭乘之於衢。曰：「善，可著鞭者。」遂市之。

日晏乘歸，御之鐵鞭，一僕以他馬從。

既登東原，絕馳十餘里，僕不能及。復遣鐵鞭，馬逸不能止❽，迅越榛莽溝畎，而玭酒困力疲，度必難禁矣。馬方驟逼大桑下。玭遂躍上高枝中，以為無害矣。馬突過數十步，復來桑下。瞑目長鳴。仰視玭而長鳴攫地❾。少頃齧桑木本，柹落如掌❿。餓即或齕草於十步五步內。旋復來齧不已。桑本將半焉⓫。

玭懼其桑之顛也，遙望其數步外有井，伺馬之休於茂草，乃跳下，疾走投井中。才至底，馬亦隨入。玭與馬俱殞焉。

校志

本文據《太平廣記》卷四百三十六校錄，予以分段，並加註標點符號。

註釋

❶小逍遙公——不詳。
❷孟州——今河南孟縣。
❸不喜書，好馳騁田弋——不愛讀書。喜歡跑馬、打獵、射箭。田、打獵。弋、音翼。把繩子綁在箭上射，叫弋。
❹馬有蹄齧不可羈勒者，則市之——有用蹄踢人、用口咬人、不聽話的馬，便買來。市、買。
❺咸通末——唐懿宗咸通共十四年，自西元八六一至八七三年。
❻有鬻白馬者——有賣白馬的人。鬻、音育、賣。
❼此極駔駿——駔、音髒。良馬也。「這匹馬非常雄駿。」
❽馬逸不能止——逸、奔也。馬狂奔，止不住。
❾長鳴攫地——馬長鳴，又以馬蹄攫地，好似鬥牛時牛用前蹄抓地。

❿柿、音肺。削下的木片叫柿。馬咬樹皮，樹皮片片落下，有巴掌大小。

⓫桑本將半焉——桑樹幹將啃去了一半！

三十三、張直方

咸通庚寅❶歲，盧龍軍節度使檢校尚書左僕射張直方抗表，請修入覲之禮❷，優詔允焉。

先是張氏世莅燕土，民亦世服其恩。禮昭臺之嘉賓，撫易水之壯士❸。地沃兵庶，朝廷每姑息之。洎直方之嗣事也，出綺紈之中，據方岳之上，未嘗以民間休戚為意❹；而酣酒於室，淫獸於原❺，巨賞狎於皮冠，厚寵襲於綠幘❻，暮年而三軍大怨。直方稍不自安。左右有為其計者，乃盡室西上至京。懿宗授之左武衛大將軍❼，而直方飛蒼走黃，莫親徼道之職❽。往往設罝罘於通道，則犬彘無遺❾，臧獲有不如意者，立殺之❿。

或曰：「輦轂之下，不可專戮⓫。」其母曰：「尚有尊於我子者乎？」則僭軼可知也⓬。

於是諫官列狀上，請收付廷尉。天子不忍置於法，乃降為昭王府司馬，俾分務洛師焉。

直方至東京，既不自新，而慢遊愈亟。洛陽四旁翥者走者，見皆識之，必群噪長嗥而去⓭。

有王知古者，東諸侯之貢士也，雖薄涉儒術，而數奇不中春官選⓮。乃退處於三川之上，以擊鞠飛觴為事⓯，遨遊於南鄰北里間。至是有聞於直方者。直方延之。睹其利喙贍辭，不覺前席⑯。自是日相狎⑰。

壬辰歲⑱，冬十一月，知古嘗晨興，僦舍無煙⑲，愁雲塞望，悄然弗怡⑳。乃徒步造直方第，至則直方急趨，將出畋也㉑，謂知古曰：「能相從乎？」而知古以祁寒㉒有難色。直方顧謂僮曰：「取短皂袍㉓來。」請知古衣之，知古乃上加麻衣㉔焉，遂聯轡而去。

出長夏門，則凝霰始零㉕，由闕塞而密雪如注。乃渡伊水而東，南踐萬安山之陰麓㉖，而韝采之獲甚夥㉗。傾羽觴，燒兔肩，殊不覺有嚴冬意。

及乎雲開雪霽，日將夕焉㉘。忽有封狐㉙突起於知古馬首，乘酒馳之數里，不能及，又與獵徒相失。須臾雀噪煙暝，莫知所如。隱隱聞洛城暮鐘，但彷徨於樵徑古陌之上。俄而山川黯然，若一鼓將半，試長望，有炬火甚明，乃依積雪光而赴之。復若十餘里，至則喬木交柯，而朱門中開，皓壁橫亙，真北闕之甲第也㉚。

知古及門，下馬，將徙倚以達旦㉛。無何，小駟頓轡，閽者覺之，隔壁而問阿誰？知古應曰：「成周貢士太原王知古也。今旦有友人將歸於崆峒舊隱者，僕餞之伊水濱，不勝離觴，既摻袂，馬逸，復不能止，失道至此耳。遲明將去，幸無見讓。㉜」

閽曰：「此南海副使崔中丞之莊也㉝。主父近承天書赴闕，郎君復隨計吏西征㉞，此帷閨闈中人耳，豈可淹久乎㉟？某不敢去留，請聞於內。」

知古雖怵惕不寧[36]，自度中宵矣，去將安適？乃拱立以俟。少頃，有秉蜜炬自内至者，振鑰管闢扉[37]，引保母出。知古前拜，仍述厥由[38]。

母曰：「夫人傳語：主與小子，皆不在家，於禮無延客之道。然僻居於山藪，接軫豺狼所嘷[39]，若固相拒，是見溺而不援也[40]。請舍外廳，翌日可去。」知古辭謝。從保母而入。過重門，門側廳事，欒櫨宏敞，帷幙鮮華[41]。張銀燈，設綺席，命知古坐焉。酒三行，陳方丈之饌[42]，豹胎魴腴，窮水陸之美[43]。保母亦時來相勉[44]。食畢，保母復問知古世嗣宦族及内外姻黨，知古具言之。乃曰：「秀才軒裳令胄，金玉奇標[45]，既富春秋，又潔操履[46]，斯實淑媛之賢夫也。小君以鍾愛稚女，將及笄年，嘗託媒妁，為求諧久矣[47]。今夕何夕，獲遘良人[48]？潘楊之睦可遵，鳳凰之兆斯在[49]。未知雅抱何如耳[50]？」

知古斂容曰：「僕文愧金聲，才非玉潤；豈家室為望，帷泥塗是憂[51]。不謂寵及迷津，慶逢子夜。聆好音於魯館，逼佳氣於秦臺。二客遊神，方茲莫及；三星委照，唯恐不揚。倘獲託波强宗，睎以佳耦，則生平所志，畢在斯乎。」

保母喜，謔浪而入白，復出，致小君之命。曰：「兒自移天崔門，實秉懿範；奉蘋蘩之敬，知琴瑟之和。帷以稚女是懷，思配君子，既辱高義，乃葉夙心。上京飛書，路且不遠，百兩陳禮，事亦非賒。忻慰孔多，傾矚而已。」

知古磬折而答。曰：「某蟲沙微類，分及湮淪，而鐘鼎高門，忽蒙採拾；有如白水，以奉清塵，鶴企鳬趨，惟待休旨。」知古復拜。

保母戲曰：「他日錦雉之衣欲解，青鸞之匣全開，貌如月華，室若雲邃，此際頗相念否？」

知古謝曰：「以凡近仙，自地登漢，不有所舉，孰能自媒。謹當誓波襟靈，志之紳帶；期於沒齒，佩以周旋。」復拜。

少時，則燎沈當庭，良夜將艾。保母請知古脫服以休。既解麻衣，而皂袍見。

保母詬曰：「豈有逢掖之士，而服從役之衣耶？」

知古謝曰：「此乃假之於與游所熟者，固非己有。」

又問所從，答曰：「乃盧龍張直方僕射所借耳。」

保母忽驚叫仆地，色如死灰。既起，不顧而走入宅。遙聞大叱曰：「夫人差事宿客，乃張直方之徒也。」

復聞夫人者叫曰：「火急斥去，無啓寇讎。」於是婢子小豎輩，群出秉猛炬，曳白棓而登階。

知古俇儴，避於庭中，四顧遜謝。罵言狎至，僅得出門。既出，已橫關闔扉，猶聞喧嘩未已。知古愕立道左，自怛久之。將隱頹垣，乃得馬於其下，遂馳走。遙望大火若燎原者，乃縱轡赴之。至則輸租車方飯牛附火耳。

詢其所，則伊水東草店之南也。復枕轡假寐。食頃，而震方洞然，心思稍安。乃揚鞭於大道，比及都門，已有張直方騎數輩來跡矣。遙至其第，既見直方，而知古憤懣不能言，直方慰之。坐定，知古乃述宵中怪事。

直方起而撫髀曰：「山魈木魅，亦知人間有張直方耶？」且止知古。復益其徒數十人，皆射皮飲羽者，享以巵酒豚肩。與知古復南出，既至萬安之北，知古前導，雪中馬跡宛然。直詣柏林下，則碑板廢於荒坎，樵蘇殘於密林。中列大冢十餘，皆狐兔之窟宅，其下成蹊。於是直方命四周張彀弓以待。內則秉蘊荷鍤，且掘且熏。少焉，有群狐突出，焦頭爛額者；罝羅罥挂者；應弦飲羽者；凡獲狐大小百餘頭以歸。

三水人曰：嗟乎！王生。生世不諧，而為狐貉所侮，況其大者乎。向無張公之皀袍，則强死於穢獸之穴也。余時在洛敦化里第，於宴集中，博士渤海徐公讜為余言之。豈曰語怪，亦以摭實，故傳之焉。

校志

一、本文據《太平廣記》卷第四百五十五及明鈔原本《說郛》校錄，予以分段，並加註標點符號。

二、《廣記》題名「張直方」，《說郛》題名「王知古」。此文似以直方為主，我們從《廣記》。

三、最後一段「三水人曰」，《廣記》無。我們從《說郛》錄出。

註釋

❶咸通庚寅——咸通、唐懿宗年號，共十四年。自西元八六〇至八七三年。庚寅為咸通十一年。

❷張直方——父張仲武，因破回鶻及奚有大功，盧龍節度使，檢校司徒同中書門下平章事。卒後，子直方襲節度留後，進副大使。舉動多不法，畏下變起，乃拄表入覲。宣宗優詔批准，授金吾大將軍，給檢校工部尚書俸，進檢校尚書右僕射，而他在京師所作所為：「性暴率，坐以小罪笞殺金吾。好馳獵，往往設置罘於道。奴隸婢細過輒殺。縱部下為盜。後居東都，弋獵愈甚，洛陽飛鳥皆識之，見必群噪。」（《唐書》

卷二百一十二本傳）

❸禮昭臺之嘉賓，撫易水之壯士——黃金臺在今河北省大興縣東南。戰國時燕昭王築黃金臺，延天下士。易水、出河北省易縣。燕王送別荊軻入秦刺秦王即在易水上。

❹直方之嗣事也，出綺紈之中，據方岳之上，未嘗以民間休戚為意——直方繼承父親張仲武任節度使，卻純是紈綺子。一旦作了節度使，根本不把民間疾苦放在心上。休戚、休為喜，戚為憂。

❺酣酒於室，淫獸於原——在家則酗酒，到野外便獵殺野獸。淫、過分。

❻巨賞狎於皮冠，厚寵襲於綠幘——皮冠、指王公。綠幘、賤人所戴。

❼懿宗授之左武衛大將軍——《唐書》本傳則稱「宣宗授予金吾大將軍。」

❽而直方飛蒼走黃，莫親徼道之職——蒼、蒼鷹。黃、黃犬。飛蒼走黃、打獵。徼道、警備。金吾，主宿衛。史稱他「當宿衛不時入。」

❾設罝罘於通道，則犬彘無遺——罝罘、音咀扶、捕野獸的網，裝置在通道上，民間的狗、豬，都被捕去！

❿臧獲有不如意者，立殺之——臧獲、僕人。稍不如意，便予處死。

⓫輦轂之下，不可專戮——皇帝腳下，不可專殺。輦轂之下、帝都之意。

⓬僭軼——僭越過分。（「尚有尊於我子者乎？」）還有比我兒子更尊的？簡直不把天子看在眼裡！）

⓭翥者走者，見皆識之，必群噪長嗥而去——飛禽走獸，看到直方都認識。鳥必群噪之，獸必長 之，遠遠避開。

⓮雖薄涉儒術，而數奇不中春官選——頗涉儒術，很讀了一些詩云子曰一類的儒家書籍，卻命數不好，禮部試屢考不中。春官，禮部春官。唐進士試多由禮部侍郎主持。

⓯以擊鞠飛觴為事——沈迷於擊鞠酗酒。

⑯利喙贍辭，不覺前席——利喙，嘴巴很會說話。贍辭，很會說高雅的辭句。前席——《名義考》云：「古者坐於地，以莞蒲為席。天子諸侯則有黼黻純飾，坐則居。遜避不敢當，則卻就後席。喜悅不自覺，則促近前席。」

⑰日相狎——相狎、親近。日趨親近。

⑱壬辰歲——唐懿宗咸通十三年。西元八七二年。

⑲嘗晨興，僦舍無煙——有一天早起，所租的房子沒有煙火。（沒有煮飯的意思）

⑳愁雲塞望，悄然弗怡——愁雲慘霧，暗然不快。

㉑至則直方急趨，將出畋也——到了直方家，直方正忙著要出外打獵。

㉒祁寒——嚴寒。祁、盛。大。

㉓皂袍——黑袍。皁、同皂。古者賤役之稱。《廣記》作「皁袍」僕人所穿衣。

㉔麻衣——布衣也。

㉕凝霰始零——《廣記》作「微霰初零」。與明鈔本《說郛》異。霰、音線。俗稱「米雪」。或作霓。始雪、開始落了。

㉖由闕塞而密雪如注——《廣記》作「由闕塞」。密雪如注、大雪紛飛也。萬安山之陰麓、山之北曰陰。麓、山腳。

㉗韝采之獲甚夥——《廣記》作「韝弋」。）韝、著衣手臂上以供獵鷹棲立之革製具。弋是射。意為獵獲到很多獵物。

㉘及乎雲開雪霽，日將夕焉——等到雪晴雲開時，天已將黃昏了。

㉙封狐、大狐。封、大也。

30 朱門中開，皓壁橫亙，真北闕之甲第也——中間為紅色門，白色牆壁向西邊橫亙而出。真是皇城中的甲第。

31 將徙倚以達旦——拟徘徊散步到天亮。

32 無何——沒有多久。一會兒。

32 遲明將去，幸無見讓——天明便離開，希望不要責怪。讓、罵人曰讓。

33 南海副使崔中丞之莊也——南海副使、南海節度使府的副節度使崔中丞的家屋。中丞、御史中丞為御史臺長官御史大夫下的次官。唐時，安史亂後，朝廷姑息藩鎮，節度使、副使，多帶官銜。如張直方之加檢校尚書左僕射。崔副使加的銜是御史中丞。

34 主父近承天書赴闕，郎君復隨計吏西征——主人即崔副使，奉詔去了朝廷。郎君又隨上計之吏往西邊去了。

35 豈可淹留——那能逗留呢？

36 怵惕不寧——怵惕，驚動貌。怵、音胥。害怕。惕、音狄。驚也。

37 振鑰管闢扉——振動鎖匙開門。鑰、音月，開鎖用的東西。

38 仍述厥由——仍能說明其理由。

39 僻居於山藪，接軫豺狼所嗥——深居山村之中，接近豺狼。藪、大澤。山藪、意為深山大澤。

40 若固相拒，是見溺而不援也——若固執拒絕，那是見死不救！看到有人要溺水而不伸援手。

41 欒櫨宏敞，帷幌鮮華——櫨、音盧。今之斗拱。欒、音鸞、柱上曲木，兩頭受櫨者，簾帷都十分華麗。

42 陳方丈之饌——《孟子．盡心》「食前方丈」。謂食前鋪滿了菜餚。

43 豹胎魴腴，窮水陸之美——豹胎、山珍。魴腴、海味，盡山珍海味之最美味者。不過形容菜質好，並非真是豹子的胎，魴魚的腴。腴、腹下肥肉。《本草綱目》。魴魚「腹內有肪，味最腴美。」

44 保母亦時來相勉——保母也常常過來勸促王知古多用酒菜。

㊺秀才軒裳令冑，金玉奇標——名門士族之後（裔），有如金玉的高標。標、風度、氣質。

㊻既富春秋，又潔操履——既是年富力強，而又品格行為高潔。

㊼小君四句——小君、諸侯夫人之稱。此處稱中丞夫人。說她鍾愛小女兒。小女兒將成年（及笄之年），曾託媒人，想找好對象。已經很久了。

㊽今夕何夕，獲遘良人——今夜是什麼夜，而能遇見君子。遘、邂遘。偶然遇到。良人、丈夫。

㊾潘楊之睦可遵，鳳凰之兆斯在——意為佳偶天成。

㊿未知雅抱何如耳——不知尊意如何？

㊿文愧金聲四句——某文章既不好，也沒有才學，不敢望成家，正如前途泥濘。

三十四、游邵

汝州❶魯山縣所治。即元魏時西廣州也。

今子城東南有妖神祠，其前庭廣袤數百步❷。古老云：「當時大毬場也。」

正門左右雙槐，各二十圍❸。枝幹扶踈❹。亦云：當時植焉。

至中和初歲❺，釁起東夏。郡邑騷然。刺史游邵，許將也。令屬縣伐木為柵以自固。雖桑柘梓櫃，靡有孑餘。將伐雙槐。其夕，有巨蟒蟠於上。聲若震霆，目若飛星。鎮將李璠主其事。璠，武人也。聞之以為妖。且率徒親斬之。下斧而流血雨迸，腥氣薄人。亦心動而止。

雙槐至今尚存。

校志

本文據《太平廣記》卷第四百五十九校錄，予以分段，並加註標點符號。

註釋

❶汝州——隸河南省。轄魯山、郟、寶豐、伊陽四縣。

❷廣袤數百步——廣、闊。袤、長。

❸各二十圍——圍字的意義甚不確定。或謂五寸。或謂三寸又一抱。又說八尺為一圍。又說徑正為圍！在此「各二十圍」，形容樹很大。

❹枝幹扶疏——扶疏、枝葉繁茂貌。

❺中和初歲——中和、唐僖宗年號，共四年，自西元八八一至八八四年。

三十五、王玄沖❶

咸通癸巳歲❷，余從鼎臣兄自汝入秦❸。冬十二月，宿於華野狐泉店❹。鼎臣兄與余同登南坡蘭若❺，訪主僧曰義海，因話三峯事。海曰：「去秋有士人王玄沖者，來自天姥❻，雲遊涉名山，亦盡東南之美矣。惟有華山蓮華峯，今則方伺一登耳。計其五千仞❼，為一旬之程，既上，當煹煙為信❽。翌日，發笈❾，取一藥壺，并火金❿以去。及期，海至桃林以俟。數息間，有白煙歘起蓮花峯⓫，海秋之不言。

後二旬，而玄沖至。言曰：「前者既入華陽山，尋微逕至蓮華峯下。初登，雖峻險，猶可重足一跡⓬。既及峯三分之一，則劣容半足⓭。乃以死誓誌，作氣而登。時遇石室，上下懸絕，則有蔦蘿及石髮垂下，接之以升⓮。果一旬，而及峯頂。頂廣約百畝，中有池，亦數畝。菡萏方盛⓯，濃碧鮮妍，四旁則巨檜喬松。池側，有破鐵舟，觸之則碎。既周覽矣，乃煹火焉。而循池翫花，探取落葉數片，及鐵舟寸許懷之，一宿乃下。下之危慄，復倍於登陡時⑯。」

海不覺其執乑沖手曰：「君固三清之奇士也⑰。」

於是乑沖盡以蓮葉鐵舟鐵贈海。明日，復負笈而去，莫知所終。

則尚子尋五嶽，亦斯人之徒與。

校志

本文據繆荃孫《三水小牘》校錄，予以分段，並加註標點符號。

註釋

❶乑——音密。

❷咸通癸巳歲——唐僖宗咸通十四年。西元八七三年。

❸自汝入秦——從汝州到陝西。

❹宿於華野狐泉店——華州，在少華山之北。今陝西同州縣。野狐泉、地名。

❺蘭若——梵語：僧人所居處。

❻天姥——在今浙江嵊縣（古為剡縣）

❼五千仞——一仞七尺。合三萬五千尺。合一萬兩千公尺。世界第一高峯的喜馬拉雅山喀非爾斯峯才八千多公尺。

❽當煹煙為信——煹、此字不見字典中。疑是「構」字之誤。

❾笈——本為負書之竹箱。

❿火金——當係起火用的器具。

⓫有白煙歘起蓮花峯——蓮花峯上突然有煙冒起。

⓬重足一跡——重足，謂疊足而立，不敢前進，蓋恐懼之甚也。重足一跡、冒險一試。

⓭劣容半足——劣、僅。只、只有容得下半個足的地方。

⓮有蔦蘿及石髮垂下，可以攀升——有蔦和兔絲和石髮等藤蘿植物垂下來，可供攀接而向上爬升。

⓯菡萏方盛，濃碧鮮妍——蓮花正盛開綠葉濃碧，花色鮮妍。

⓰下之危慄，復倍於登陡時——下山比上山危險還要加倍。

⓱三清之奇士——道家以玉清、上清、太清為三清。聖登玉清，真登上清，仙登太清。義海說王纟沖是三清奇士，意思是說：他是道教中的奇人。

三十六、飛煙傳

臨淮[1]武公業，咸通[2]中任河南府功曹參軍[3]。愛妾曰飛煙，姓步氏，容止纖麗，若不勝綺羅[4]。善秦聲，好文墨[5]，尤工擊甌[6]，其韻與絲竹合。公業甚嬖之[7]。其比鄰，天水趙氏第也[8]，亦衣纓之族[9]，不能斥言[10]。其子曰象，端秀有文，才弱冠矣。時方居喪禮。

忽一日，於南垣隙中窺見飛煙，神氣俱喪，廢食忘寐[11]。乃厚賂公業之閽，以情告之[12]。閽有難色，復為厚利所動，乃令其妻伺飛煙閒處，具以象意言焉。飛煙聞之，但含笑凝睇而不答。門媼盡以語象。象發狂心蕩，不知所持[13]，乃取薛濤箋[14]，題絕句曰：「一睹傾城貌，塵心只自猜。不隨蕭史去，擬學阿蘭來[15]。」以所題密緘之，祈門媼達飛煙[16]。煙讀畢，吁嗟良久，謂媼曰：「我亦曾窺見趙郎，大好才貌。此生薄福，不得當之。」蓋鄙武生麤悍[17]，非良配耳。乃復酬一篇，寫於金鳳牋，曰：「綠慘雙娥不自持，只緣幽恨在新詩。郎心應似琴心怨，脈脈春情更泥[18]誰。」封付門媼，令遺象。

象啓緘，吟諷數四，拊掌喜曰：「吾事諧矣。[19]」又以剡溪玉葉紙[20]，賦詩以謝，曰：「珍重佳人贈好音，彩箋芳翰兩情深。薄於蟬翼難供恨，密似蠅頭未寫心。疑是落花迷碧洞，只思輕雨灑幽襟。百回消息千回夢，裁作長謠寄綠琴。」詩去旬日，門媼不復來。象憂懣，恐事洩；或飛煙追悔。

春夕，於前庭獨坐，賦詩曰：「綠暗紅藏起暝煙，獨將幽恨小庭前。沉沉良夜與誰語，星隔銀河月半天。[21]」明日，晨起吟際，而門媼來。傳飛煙語曰：「勿訝旬日無信，蓋以微有不安[22]。」因授象以連蟬錦香囊[23]並碧苔箋[24]，詩曰：「無力嚴妝倚繡櫳，暗題蟬錦思難窮。近來贏得傷春病，柳弱花欹怯曉風[25]。」象結錦香囊於懷，細讀小簡。又恐飛煙幽思增疾，乃剪烏絲闌為回緘，曰：

「春日遲遲，人心悄悄[26]。自因窺覯，長役夢魂[27]。雖羽駕塵襟，難於會合[28]，而丹誠皎日，誓以周旋[29]。昨日瑤臺青鳥忽來[30]，殷勤寄語。蟬錦香囊之贈，芬馥盈懷，佩服徒增，翹戀彌切[31]。況又聞乘春多感，芳履乖和[32]，耗冰雪之妍姿，鬱蕙蘭之佳氣。憂抑之極，恨不翻飛。且望寬情，無至憔悴。莫孤短韻，寧爽後期[33]。惝恍寸心[34]，書豈能盡？兼持菲什，仰繼華篇[35]。伏惟試賜凝睇。」

詩曰：「見說傷情為九春[36]，想封蟬錦綠蛾顰[37]。叩頭為報煙卿道，第一風流最損人。」

門媼既得迴報，涇賣詣飛煙閣中。武生為府掾屬，公務繁夥，或數夜一直[38]，或竟日不歸。此時恰值入府曹。飛煙拆書，得以款曲尋繹[39]。既而長太息曰：「丈夫之志，女子之情，心契魂交，視遠如近也。」於是闔戶垂幌，為書曰：

「下妾不幸，垂髫而孤[40]。中間為媒妁所欺，遂匹合於瑣類[41]。每至清風明月，移玉柱以增懷；秋帳冬釭，泛金徽而寄恨[42]。豈謂公子，忽貽好音。發華緘而思飛，諷麗句而目斷。所恨洛川波隔，賈午牆高[43]。連雲不及於秦臺，薦夢尚遙於楚岫[44]。猛望天從素懇，神假微機，一拜清光，九殞無恨。兼題短什，用寄幽懷。伏帷特賜吟諷也。」

詩曰：「畫簷春燕須同宿，蘭浦雙鴛肯獨飛？長恨桃源諸女伴，等閑花裡送郎歸[45]。」

封訖，召門媼，令達於象。象覽書及詩，以飛煙意稍切，喜不自持，但靜室焚香，虔禱以候。

忽一日，將夕，門媼促步[46]而至，笑且拜曰：「趙郎願見神仙[47]否？」象驚，連問之。傳飛煙語曰：「值今夜功曹府直，可謂良時。妾家後庭，即君之前垣也。若不渝惠好，專望來儀[48]。方寸萬重，悉候晤語[49]。」既曛黑，象乃乘梯而登，飛煙已令重榻於下。既下，見飛煙靚妝盛服，立於庭前。交拜訖，俱以喜極不能言。乃相攜自後門入房中，遂背釭解幌[50]，盡繾綣之意焉。

及曉鐘初動，復送象於垣下。飛煙執象手曰：「今日相遇，乃前生姻緣耳。勿謂妾無玉潔松貞之志，放蕩如斯。直以郎之風調，不能自固。願深鑒之。」象曰：「挹希世之貌，見出人之心。已誓幽庸，永奉歡洽[51]。」言訖，象逾垣而歸。

明日，托門媼贈飛煙詩曰：「十洞三清[52]雖路阻，有心還得傍瑤臺。瑞香風引思深夜，知是蕊宮[53]仙馭來。」飛煙覽詩微笑，復贈象詩曰：「相思只怕不相識，相見還愁卻別君。願得化為松下鶴，一雙飛去入行雲。」付門媼，仍令語象曰：「賴值兒家[54]有小小篇詠，不然，君作幾許大才面目？」茲不盈旬，常得一期於後庭。展幽微之思，罄宿昔之心，以為鬼神不知，天人相助。或景物寓目，歌詠寄情，來往便繁，不能悉載。如是者周歲。

無何，飛煙數以細過撻其女奴，奴陰銜之，乘間盡以告公業。公業曰：「汝慎勿揚聲！我當伺察之。」後至直日，乃偽陳狀請假。迨夜，如常入直，遂潛於里門。街鼓既作，匍伏[55]而歸。循牆至後庭，見飛煙方倚戶微吟，象則據垣斜睇。公業不勝其憤，挺前欲擒。象覺，跳去。公業搏之，得其半襦。乃入室，呼飛煙詰之。飛煙色動聲戰，而不以實告。公業愈怒，縛之大柱，鞭楚血流[56]。但云：「生得相親，死亦何恨。」深夜，公業怠而假寐，飛煙呼其所愛女僕曰：「與我一杯水。」水至，飲盡而絕。公業起，將復笞之，已死矣。乃解縛，舉置閣中，連呼之，聲言飛煙暴疾致殞。數日，窆之北邙[57]。而里巷間皆知其强死矣。象因變服，易名遠，自竄於江、浙間。

洛中才士，有崔、李二生，嘗與武掾遊處。崔賦詩末句云：「恰似傳花人飲散，空床拋下最繁枝。」其夕，夢飛煙謝曰：「妾貌雖不迨桃李，而零落[58]過之。捧君佳什，愧仰無已。」李生詩末句云：「艷魄香魂如有在，還應羞見墜樓人[59]。」其夕，夢飛煙戟手[60]而詈曰：「士有百行，君得全乎？何至務矜片言，苦相詆斥[61]？當屈君於地下面證之。」數日，李生卒。時人異焉。遠後調授汝州魯山縣主簿[62]，隴西李垣代之[63]。咸通末，予復代垣，而與遠少相狎，故洛中秘事，亦知之。而垣復為手記，故得以傳焉。

三水人曰：「噫！艷冶之貌，則代有之矣；潔朗之操，則人鮮聞乎。故士矜才則德薄，女衒色[64]則情私。若能如執盈[65]，如臨深[66]。則皆為端士淑女矣。飛煙之罪，雖不可逭，察其心，亦可悲矣！」

校志

一、本文明鈔原本《說郛》題名〈步飛煙〉，《廣記》卷四九一題名為〈飛煙傳〉。

二、本文據兩書校錄，並加註標點符號，且予分段。

註釋

❶臨淮——約當今日江蘇省盱眙、泗水之地。
❷咸通——唐懿宗年號。共十四年。西元八六〇至八七三年。
❸功曹參軍——掌管考課、假使、祭祀、禮樂、學校、表疏等事務的官。唐代的府，多設有司功，司倉、司兵、司法、司士、司戶各曹。各曹參軍為主管。
❹容止纖麗，若不勝綺羅——容貌、舉止、嬌小美麗，柔弱到似乎綺羅的衣服都難以負擔。
❺善秦聲，好文墨——善於唱秦地（今陝西）的歌曲。喜歡詩文。
❻尤工擊甌——甌，瓦盆。以盆盛水，多少不同，十數個排成一列，以木筷敲擊，發出樂音，配合弦樂管樂，形成和聲。
❼公業甚嬖之——公業非常寵愛她。
❽其比鄰，天水趙氏第也——他的緊鄰，乃是天水人趙家的宅第。天水，唐郡名，約當今甘肅天水、臨洮之地。
❾衣纓之族——衣冠大族。
❿不能斥言——不能把名字明白說出來。
⓫神氣俱喪，廢食忘寢——趙象自南邊牆縫中看到了飛煙之後，不覺神魂顛倒，廢寢忘食。
⓬乃厚賂公業之閽，以情告知——於是花了一大筆錢買通了武公業的司閽（看門人）請他把自己思慕之情告知飛煙。

⑬象發狂心蕩，不知所持——趙象心癢難熬，不能自持。
⑭薛濤箋——薛濤，蜀中名妓，能詩。她製作一種紅色詩箋，時人多效之。稱薛濤箋。
⑮一睹傾城貌絕句——「一見到妳傾國傾城的美貌，塵俗之心動盪不已。莫學弄玉公主隨蕭史仙去，但願妳能像杜蘭香仙女來到人間。」—秦穆公女兒弄玉公主，配與善吹簫的蕭史。蕭史吹簫引來鳳凰，兩人乘鳳凰仙去。阿蘭，可能指古仙女杜蘭香。
⑯以所題密緘之，祈門媼達飛煙——把所題的詩密密封起來，請門媼傳達給飛煙。
⑰鄙武生麄悍——鄙、動詞。看不起。麄、即麤字。粗悍，不文雅。鄙視武公業的粗暴。
⑱泥——以　媚之態強有所求。如：「泥她沽酒拔金釵。」（元徵之詩）。
⑲吾事諧矣——協，和也。合也。我的事成功了。
⑳剡溪玉葉紙——剡（音倓）溪，水名。在浙江嵊縣。以其水製成的藤紙頗有名。其潔白如玉者，稱玉葉紙。
㉑綠暗紅藏絕句——暮煙初起，紅花不見，綠樹濃暗。獨自帶著（將）幽恨，坐在小庭前面。良夜沈沈，（一腔心事）向誰說話呢？（我們好像牛郎織女）星被銀河隔開，月亮卻到了天頂了！
㉒勿訝旬日無信，蓋以微有不安——莫驚訝為何十來天無信息，因為有一點不舒服。
㉓連蟬錦香囊——連蟬錦、一種薄如蟬翼的錦。
㉔碧苔箋——一種用水苔製成的牋紙。
㉕無力嚴妝絕句——懶懶的梳妝好了斜靠在綉戶上，悄悄的把詩題在薄薄的蟬錦上，思念不已。近來得了傷春的毛病，身體像楊柳一般的軟弱，像花一般的嬌嫩，連早上的春風都有點禁不起！
㉖春日遲遲，人心悄悄——春天的陽光懶懶的，我的心惆悵不已。
㉗自因窺覯，長役夢魂——自從因為偷窺見到妳之後，神魂顛倒，夢中都牽掛著。

㉘雖羽駕塵襟，難於會合——雖然仙姿遙遠，俗子難與會合。羽駕謂高飛雲端的神仙。塵襟謂在地上的凡人。仙凡遠隔之意。

㉙丹誠皎日，誓以周旋——一片赤誠丹心，可對皎日，誓與縈迴左右。

（卅）昨日瑤臺，青鳥忽來——瑤台女仙所居，青鳥為神仙的傳信使者。意思是說：昨天使者從仙居帶來信息。

㉛佩服徒增，翹戀彌切——徒然增加了對妳佩服之心，思戀之情益為深切。

㉜又聞乘春多感，芳履乖和——又聽說妳傷春多感，遂至玉體違和。芳履，指女人。乖和，違和。生病。

㉝莫孤短韻，寧爽後期——不要辜負了我短詩中的心意。不要違背日後相見的期盼！

㉞惝怳寸心——抑鬱的心情。心，稱方寸。一作戃慌。

㉟兼持菲什，仰繼華篇——另附上菲作，仰答華麗的詩篇。什、詩。此字從《詩經》「之什」，而衍為「短詩」之意。

㊱見說傷情為九春——春天三個月，共九十天，故云九春。

㊲想封蟬錦綠蛾顰——想見妳封緘蟬錦囊時，一定皺著雙眉。綠蛾，指女子的眉。

㊳或數夜一直——或者數夜之中，有一夜值班。

㊴款曲尋繹——款曲，仔細、周密。尋繹，研究。尋繹、謂引其端緒而尋究之。

㊵垂髫而孤——古時兒童，頭髮披散在肩上。故曰垂髫。少年時，始將頭髮紮起，謂之束髮。垂髫而孤：孩童時父親死了。幼而無父曰孤。

㊶遂匹合於瑣類——細碎之事，謂之瑣。瑣類，鄙微之人。遂匹配給小人。

㊷移玉柱以增懷，汎金徽而寄恨——玉柱、琵琶類樂器上凸起的小木條。金徽：古琴上有十三個。移玉柱、

汎金徽：彈奏琴的意思。

43洛川波隔，賈午牆高——三國時，曹植暗戀上了嫂嫂也即是曹丕的妻子甄氏。泛舟洛水，夢寐中遇見甄氏。因作〈感甄賦〉。後改為〈洛神賦〉。賈午是晉代賈充的女兒。他從屏風後偷窺，看上了賈充的手下韓壽。她把皇帝賜給賈充的異香偷了些給韓壽。因此，他們小倆口的姦情敗露。既然米已成飯，賈充便把女兒嫁給了韓壽。卻把洞悉內情的婢僕全給殺死以杜家醜外揚。這便是韓壽偷香的故事。據說韓壽身手十分矯健，高牆也能輕易越過。

44連雲不及於秦臺，薦夢尚遙於楚岫——連雲、意指歡會。宋玉〈高重賦〉：神女對楚王說：「妾朝為行雲，暮為行雨。朝朝暮暮，陽臺之上。」楚王夢中見神女，地在巫山。巫山即楚地。故稱楚岫。秦臺指鳳臺，即蕭史與弄玉公主的鳳臺。兩人時在臺上吹簫遊玩。

45長恨桃源諸女伴，等閒花裡送郎歸——劉晨、阮肇入天臺會見諸仙女。其後二人思家，眾仙女為指示歸途。等閒：隨隨便便。

46門媪促步而至——快步來到。

47神仙——唐代多稱美女為神仙。徐凝詩云：「月明橋上看神仙。」

48若不渝惠好，專望來儀——假如不變更對我的恩好，專望惠臨。來儀，自《書經》「鳳凰徠儀」而來。意即「大駕光臨」。

49方寸萬重，悉候晤語——方寸指心。心事萬重，全候面談。

50背釭解幌——釭、燈。幌、帷幔。背著燈光，放下帷帳。

51挹希世之貌，見出人之心。已誓幽庸，永奉歡洽——生成世上少有的美貌，表現出高人一等的心性。我已經對鬼神發誓，要永久和妳相好。

52 十洞三清——道家認為世上有十大洞天，為群仙所居。三清。聖登玉清，真登上清，仙登太清，都是神仙所居之地。
53 蕊宮——即蕊珠宮，天上宮名。仙女所居。
54 兒家——古女子自稱「兒」。兒家，飛煙自謂。
55 匍伏——匍伏前進，是軍隊中過操時用四肢著地爬行。此處為低姿態回家的意思。
56 鞭楚血流——鞭打。楚也是鞭打用的刑具。
57 窆之北邙——北邙為墓園。窆：葬。
58 零落——人事之凋謝。
59 墜樓人——指唐時綠珠為了不願被迫歸孫秀為石崇墜樓自盡事。
60 戟手——舉手和戟形，指著人罵。
61 詬斥——辱罵、詬毀。
62 主簿——縣令下為縣丞，縣丞下為主簿。
63 代之——繼續為主簿。
64 女衒色——女子以色向人誇示。
65 執盈——水滿則溢，拿著一杯滿滿的杯子便會小心。
66 臨深——如臨深淵，不免懷恐懼之想而特別小心。

三十七、封夫人

渤海封夫人諱詢，字景文，天官侍郎敖孫也❶。諸兄皆貢士，有聲於名場❷。夫人氣韻恬和，容止都雅❸，善草隸，工文章❹盛飾則芙蕖出綠波，巧思則柳絮因風起❺。至於婉靜之法，剪製之工，固不學而生知。嫺黨❻號為淑女。

咸通戊子❼歲，始從媒贄，移天於殷門故秘省校書保晦遐搆❽。遐搆兄，余寮埒也❾。愛鍾自出，姑實親姨，夙夜蒸蒸，劬勞無怠❿。

廣明庚子歲⓫，妖纏黃道，釁起白丁，關輔烽飛，輦轂遐狩⓬。以天府陸海之盛，奄化於鯨鯢腹中⓭。即冬十二月七日也，邦人大潰，校書自永寧里所居，盡室潛於蘭陵里蕭氏池臺，地鄰五門，以為賊不復入。

至明日，群凶霧合，秘校遂為所俘。賊酋睹夫人之麗，將欲叱後乘以載之。夫人正色相拒，確然不移，誘說萬辭，但瞑目反背而莫顧。

日將夕，賊酋勃然起。曰：「行則保羅綺於百齡，止則取齏粉於一劍⓮。」

夫人奮袂罵曰：「狂賊狂賊，我生於公卿高門，為士君子正室，琴瑟叶奏，鳳凰和鳴⑮。豈意昊天不容，降此大厲⑯，守正而死，猶生之年。終不負穢抱羞於汝逆豎之手。」言訖遇害。

賊酋既去，秘校脫身來歸。侍婢迎門，白「夫人逝矣！」秘校拊膺失聲而前，枕屍於股，大慟良久。揮淚於夫人面曰：「景文景文，即相見。」遂長號而絕。

三婢子睹主父主母俱殞。乃相攜投浚井⑰而死。

人曰⑱：「噫！二主二夫，實士女之醜行⑲。至於臨危抗節，乃丈夫難事，豈謂今見於女德哉。渤海之媛，汝陰之嬪，貞烈規儀，永光於彤管矣⑳。」辛丑歲遐搆兄出自雍㉑，話茲事，以余有春秋學，命筆削以備史官之闕㉒。

校志

本文依據商務《舊小說》第七冊《三水小牘》校錄，予以分段，並加註標點符號。

註釋

❶封敖——敖字碩夫，其先冀州籍。元和中進士第。以文章顯。少行檢，故不得任宰相。進尚書右僕射卒。見《唐書》卷一百七十七本傳。

❷諸兄皆貢士，有聲於名場——貢士，各州府選出之讀書人貢之於天子者，稱貢士。前清參與會試者叫貢士。參與殿試者叫進士。名場、考試之闈場也，士人爭名之地。故曰名場。

❸氣韻恬和，容止都雅——氣度風韻、恬淡平和。動止從容高雅。都、有閑雅、優美的意思。

❹善草隸，工文章——善於書法，能寫草書，隸書。又工於文章。

❺盛飾二句——裝飾起來，就好像荷花出於綠水。說起才思，就好似晉才女謝道韞把飛雪形容成「柳絮因風起」。

❻姻黨——姻黨。親戚。

❼咸通戊子——唐懿宗咸通九年，西元八六六年。

❽從媒贄移天於殷門故秘書省校書保晦遐構——妻以夫為天。封女經過媒人而嫁給殷門曾任秘書省校書郎的保晦。字遐構。

❾遐構兄，余寮壻也——遐構的哥哥是我同寮的女婿。

❿夙夜蒸蒸，劬勞無怠——時時孝順翁姑，勤勞不怠。

⓫廣明庚子歲——唐僖宗廣明元年，西元八八〇年。

⑫妖纏黃道四句——謂妖星侵黃道，軍隊造反，京都近邑烽火突起，皇帝的車遠狩他邑。意思是變亂起了，皇帝都得離京逃離。

⑬天府陸海二句——天府、謂富裕的城市，其珍珠寶物，全為賊人所掠奪了。

⑭行則二句——假如聽話一起走，便讓妳豐衣足食一輩子。若不肯隨他們一起走，便一劍畢命。

⑮生於公卿高門四句——我出生公卿名族之家，配給士人為正室，夫妻和好，如琴瑟之調和。鳳凰之和合。

⑯昊天不容，降此大厲——老天不見容，降此大禍害！

⑰浚井——深井。

⑱人曰——似應為「三水人曰」。即作者自稱。

⑲二主二夫，實士女之醜行——士事二主，女嫁二夫，都屬醜陋的行為。

⑳渤海四句——渤海出身的小姐，汝陰的夫人，她的貞烈規儀，永為古女史所書的光榮事蹟。彤管、赤色筆管的筆，古來女史官所執，用以記宮中政令及后妃之事者。

㉑辛丑歲遐構兄出自雍——辛丑歲、辛丑應為僖宗中和一年。西元八八一年。出自雍，自雍州來。雍州、當今陝西省北部。

㉒以余有春秋學，命筆削以備史官之闕——認為我有寫歷史的才學，要我寫出整個故事以備史官的缺失。

三十八、嚴郜女

許州長葛令❶嚴郜，衣冠族也。立性簡直，雖羈束於官署，常蓄退心。咸通中❷罷任，乃於縣西北境上陘山陽置別業❸。良田萬頃，桑柘成陰。奇花芳草，與松竹交錯。引泉成沼，疏阜為臺❹，盡登臨之志矣。

夫人河東裴氏，有三女。長適滎陽鄭氏，次適京兆杜氏❺，幼曰阿珊特端麗妍瑩❻。乙巳❼歲年十五矣。

時清明節，嚴公盡室登陘山，山西岑❽有鄭大王祠，乃於祠中薦酒饌，令諸女縱觀，日晚方歸。降及山之半，旋風忽起於道左，繚繞諸女，塵坌陰晦❾，眾皆驚懼。而阿珊獨仆於地。色變不能言。鬟上失雙金翹❿，乃扶持而歸。召巫者視之。

巫譯神言曰：「我鄭大王也。今聘爾女為第三子婦。」

其家遽使齎酒殽紙錢⓫，令巫者詣祠祈之。既至，得金翹於神座上，巫者再三請禱，神終言不可。

明日阿珊殞，便憑巫言以達所以。嚴氏遂令送服玩設禮筵於祠內。厥後每有所須必託巫言告其家。嚴公夫人即余室之諸姑也，故得其實而傳之。

校志

一、本文據暨商務《舊小說》第七冊《三水小牘》校錄，予以分段，並加註標點符號。

二、《太平廣記》未錄此文。

註釋

❶許州長葛令——許州，在今河南。唐地方政府採州縣兩級制。許州轄臨穎、襄城、郾城和長葛四縣。縣令、一縣之長。即今日之縣長。

❷咸通——唐懿宗年號。共十四年，自西元八六〇至八七三年。

❸遷山陽置別業——山陽、山之南。置別業，建造（或購置）別墅。

❹引泉成沼，疏阜為臺——把泉水引過來造成池塘。土山曰阜。疏、治。理。把土山疏理成土臺。以供登臨眺望。

❺滎陽鄭氏，京兆杜氏——唐代五大郡姓，為滎陽鄭、范陽盧、趙郡、隴西李氏、博陵崔氏。其次京兆杜、河東裴等，都是著名的士族。
❻端麗姸瑩——姸、美好。瑩、好色澤。端莊美麗，容光煥發。
❼（咸通）乙巳——西元八六二年。
❽山西岑——山的西峯。
❾繚繞諸女，塵坌陰晦——坌很細的灰塵。塵灰繞著眾女，天色陰暗下來。
❿金翹——翹、婦人首飾。白居易詩：「翠翹金雀玉搔頭。」
⓫齎酒殺紙錢——齎、音躋。付、與人物曰齎。拿了酒菜供神。

秀威經典　語言文學類　PG2115　新視野57

教你讀唐代傳奇
——三水小牘

作　　者／劉　瑛
責任編輯／杜國維
圖文排版／林宛榆
封面設計／蔡瑋筠

出版策劃／秀威經典
發 行 人／宋政坤
法律顧問／毛國樑　律師
印製發行／秀威資訊科技股份有限公司
114台北市內湖區瑞光路76巷65號1樓
電話：+886-2-2796-3638　傳真：+886-2-2796-1377
http://www.showwe.com.tw
劃撥帳號／19563868　戶名：秀威資訊科技股份有限公司
讀者服務信箱：service@showwe.com.tw
展售門市／國家書店（松江門市）
104台北市中山區松江路209號1樓
電話：+886-2-2518-0207　傳真：+886-2-2518-0778
網路訂購／秀威網路書店：https://store.showwe.tw
國家網路書店：https://www.govbooks.com.tw

2019年1月　BOD一版
定價：220元

國家圖書館出版品預行編目

教你讀唐代傳奇 : 三水小牘 / 劉瑛著. -- 一版.
-- 臺北市 : 秀威經典, 2019.01
面 ;　公分. -- (語言文學類 ; PG2115)(新視野 ; 57)
BOD版
ISBN 978-986-97053-1-8(平裝)

857.241　　　　107019903

讀者回函卡

感謝您購買本書，為提升服務品質，請填妥以下資料，將讀者回函卡直接寄回或傳真本公司，收到您的寶貴意見後，我們會收藏記錄及檢討，謝謝！

如您需要了解本公司最新出版書目、購書優惠或企劃活動，歡迎您上網查詢或下載相關資料：http:// www.showwe.com.tw

您購買的書名：________________________________

出生日期：________年________月________日

學歷：□高中（含）以下　□大專　□研究所（含）以上

職業：□製造業　□金融業　□資訊業　□軍警　□傳播業　□自由業

□服務業　□公務員　□教職　□學生　□家管　□其它_____

購書地點：□網路書店　□實體書店　□書展　□郵購　□贈閱　□其他

您從何得知本書的消息？

□網路書店　□實體書店　□網路搜尋　□電子報　□書訊　□雜誌

□傳播媒體　□親友推薦　□網站推薦　□部落格　□其他__________

您對本書的評價：（請填代號　1.非常滿意　2.滿意　3.尚可　4.再改進）

封面設計____　版面編排____　內容____　文／譯筆____　價格____

讀完書後您覺得：

□很有收穫　□有收穫　□收穫不多　□沒收穫

對我們的建議：________________________________

____

____

____

請貼
郵票

11466
台北市內湖區瑞光路 76 巷 65 號 1 樓
秀威資訊科技股份有限公司 收
BOD 數位出版事業部

(請沿線對折寄回，謝謝！)

姓　　名：____________ 年齡：______ 性別：□女　□男

郵遞區號：□□□□□

地　　址：________________________________

聯絡電話：(日) ______________ (夜) ______________

E-mail：________________________________